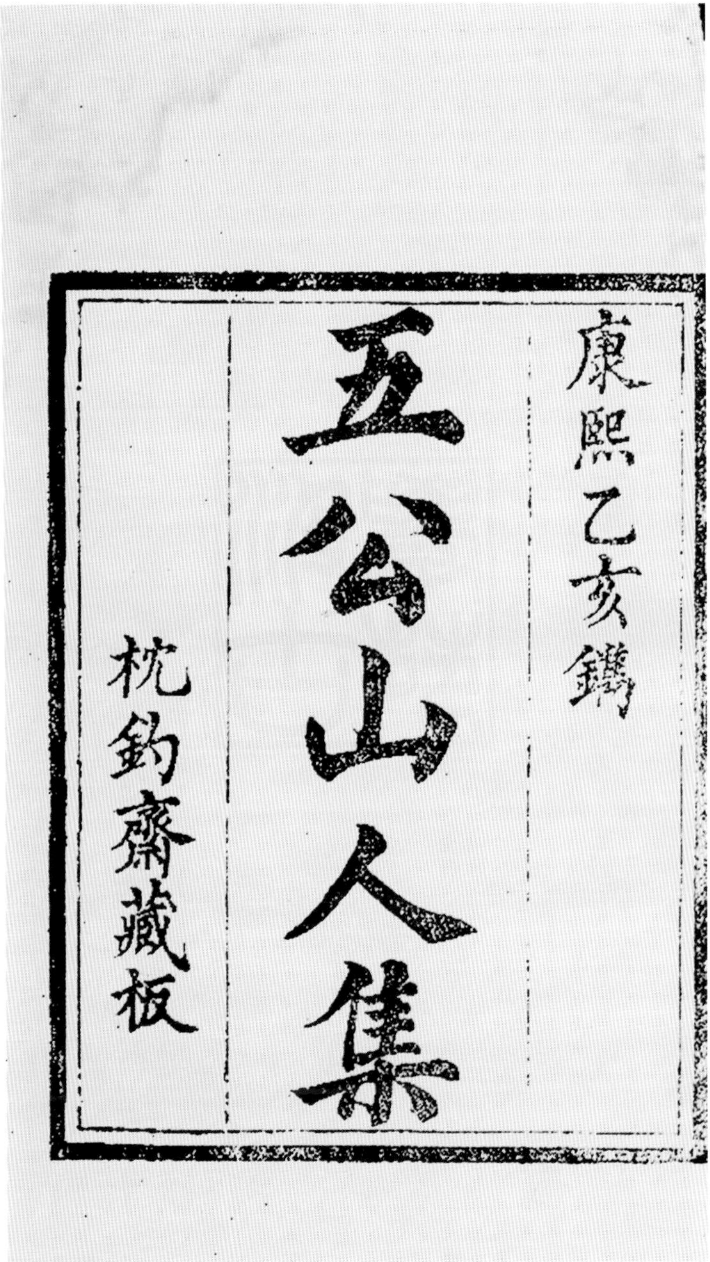
康熙乙亥鐫

五公山人集

枕釣齋藏板

王餘佑《五公山人集》扉頁（武漢大學圖書館藏）

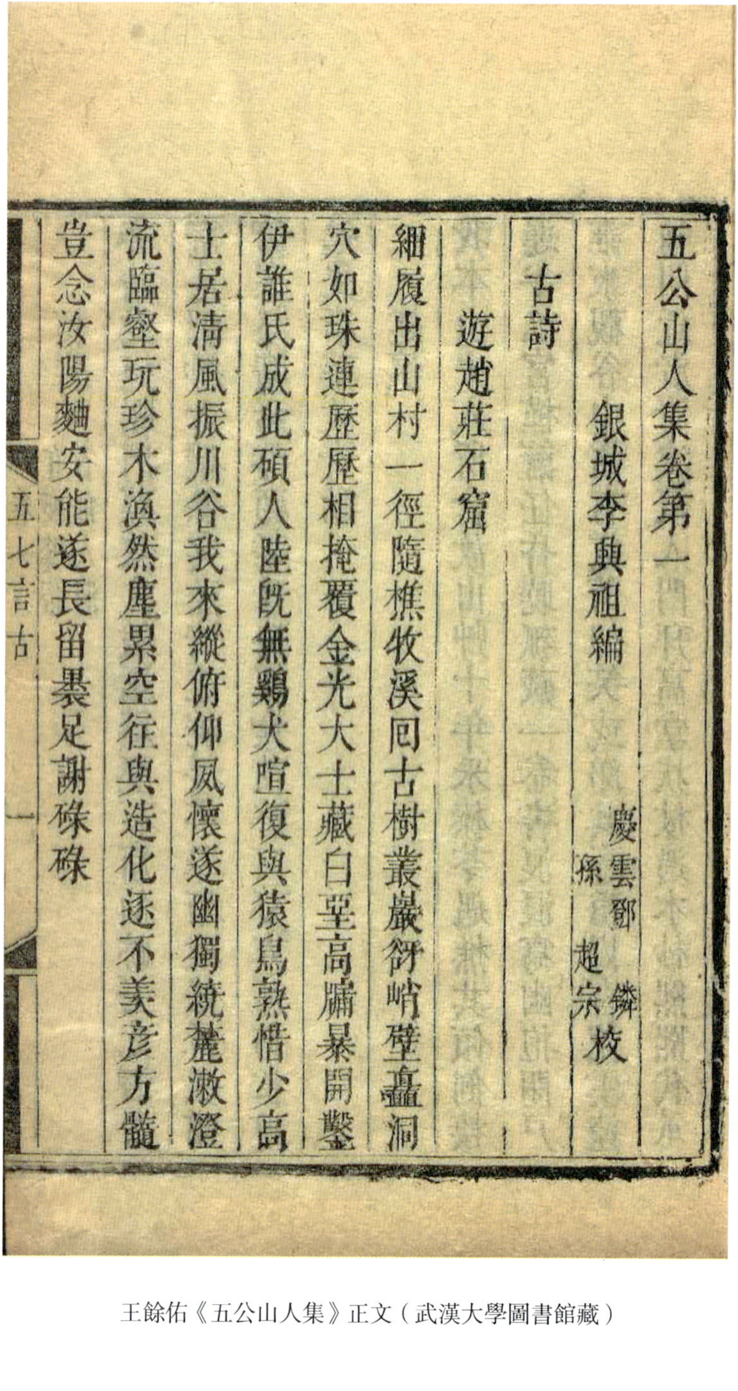
五公山人集卷第一

銀城李興祖編　慶雲鄧　鏻校
孫　超宗

古詩

遊趙莊石窟

細履出山村一徑隨樵牧溪回古樹叢巖谺峭壁矗洞穴如珠連歷歷相掩覆金光大士藏白堊高牖暴開鑿伊誰氏成此碩人陸既無雞犬喧復與猿鳥熟借少高士居清風振川谷我來縱俯仰夙懷遂幽獨繞麓漱澄流臨壑玩珍木渙然塵累空往與造化逐不羨彥方髓豈念汝陽麴安能遂長留累足謝碌碌

五七言古　一

王餘佑《五公山人集》正文（武漢大學圖書館藏）

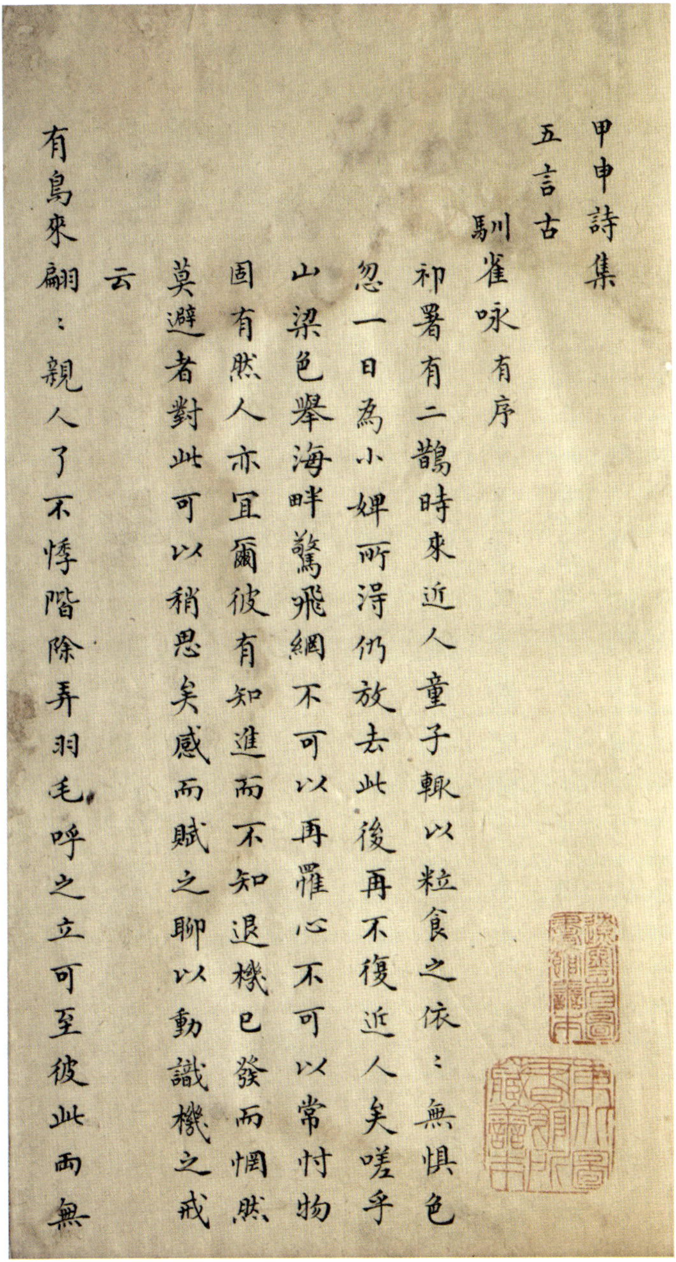
甲申詩集

五言古

馴雀咏 有序

初署有二鵲時來近人童子輙以粒食之依〻無懼色忽一日為小婢所得仍放去此後再不復近人矣嗟乎山梁色舉海畔驚飛網不可以再罹心不可以常忖物固有然人亦宜爾彼有知進而不知退機已發而惘然莫避者對此可以稍思矣感而賦之聊以動識機之戒云

有鳥來翩〻親人了不悸階除弄羽毛呼之立可至彼此兩無

王餘佑《甲申詩集》（遼寧省圖書館藏）

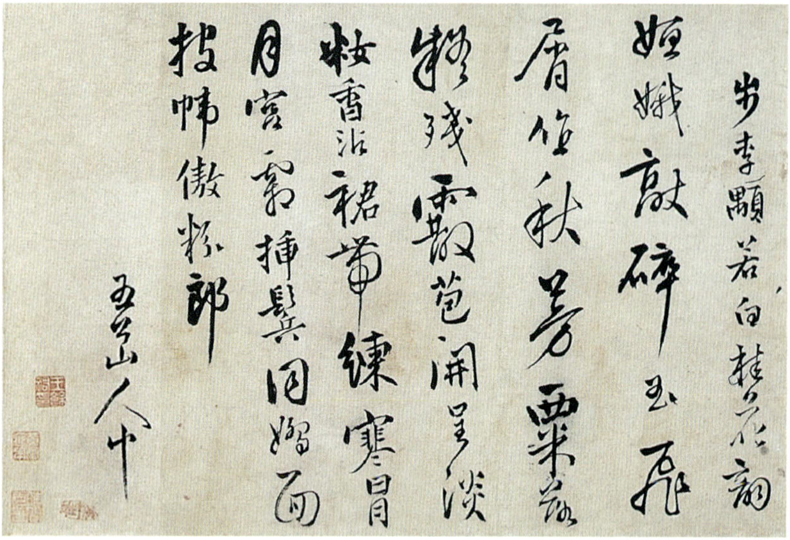

王餘佑《步李顒若白桂花韵》詩原稿

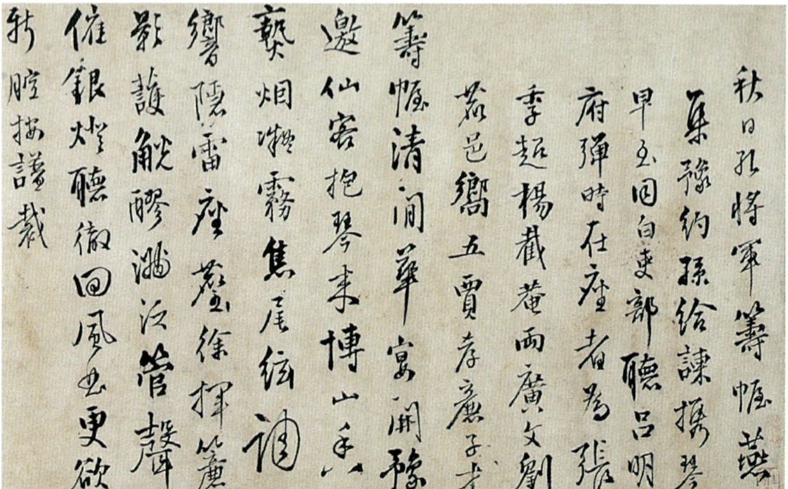

王餘佑《秋日孔將軍籌幄燕集》詩原稿

王餘佑詩集

直隸學研究書系·歷代獻縣詩鈔
傅林　于萬復　劉青松　主編

于萬復　輯校

河北大學出版社
·保定·

WANG YUYOU SHIJI

王餘佑詩集

出 版 人：耿金龍
選題策劃：楊顯碩
責任編輯：郝 健
裝幀設計：張彥琪
責任校對：李天雪
責任印制：靳雲飛

圖書在版編目（CIP）數據

王餘佑詩集 / 于萬復輯校．-- 保定 ：河北大學出版社，2019.5
（直隸學研究書系 / 傅林，于萬復，劉青松主編．歷代獻縣詩鈔）
ISBN 978-7-5666-1484-1

Ⅰ．①王… Ⅱ．①于… Ⅲ．①古典詩歌－詩集－中國－清代 Ⅳ．①I222.749

中國版本圖書館 CIP 數據核字（2019）第 085536 號

出版發行：河北大學出版社
地址：河北省保定市七一東路 2666 號 郵編：071000
電話：0312-5073033 0312-5073029
郵箱：hbdxcbs818@163.com 網址：www.hbdxcbs.com
經 銷：全國新華書店
印 刷：保定市北方膠印有限公司
幅面尺寸：148 mm × 210 mm
印 張：11.5
插 頁：4
字 數：248 千字
版 次：2019 年 5 月第 1 版
印 次：2019 年 5 月第 1 次印刷
書 號：ISBN 978-7-5666-1484-1
定 價：46.00 元

河北大學國學傳承與發展協同創新中心資助項目

總　序　一

獻縣自古爲畿輔名區，河間獻王收書于前，紀文達公兼綜于後，可謂金聲玉振。在歷史的積澱中，獻縣人文鼎盛，如戈氏、紀氏、劉氏等舊家不僅在當時享名于世，即今亦被目爲“文化世家”①，這些家族涌現出大量的詩人、學者，與畿輔地區的其他詩人互相應和，形成了别具一格的畿輔詩人群。在提倡“京津冀協同發展”的今天，整理畿輔詩人的詩作，進行“直隸學”的研究，具有特殊的歷史内涵。

清代“畿輔詩人盛于河間”②，獻縣詩人則是河間府詩人群的重要組成部分，除了戈濤、紀昀名列“河間七子”外，戈濤與邊連寶被稱爲“瀛州二子”，崔士元與崔旭、梅成棟、董元度并稱“燕齊四家”，劉肇均與張之洞、邊瀹慈有“畿南三才子”之目，這些名號反映了當時獻縣文壇的興盛局面。紀坤、王餘

---

① 見王崗、鄧瑞全、曹書杰《中國文化世家》，湖北教育出版社，2008年。

② 陶樑：《国朝畿辅诗传》卷三十八。

佑作爲明代遺民，詩多憂時感事的沉痛之音，尤其是王餘佑，負家國之痛，“不肯以塗朱傅粉，争妍取憐于世人”①，百無聊賴，乃以詩名，故其詩質樸粗豪，頗示所志。乾隆間，獻縣詩壇空前繁榮，著名詩人戈濤、紀昀二人“以燕許手筆，鼓吹休明”②，以大量的詩歌創作與鮮明的文學理念成爲“河間七子”的中堅。其後，劉書年以書生而爲名將，戡夷黔亂，支持殘城，憂患疾苦無不備嘗，故吟咏之中多憂國憂民之聲。布衣詩人崔士元落拓京師，遭遇“三千年未有之大變局”，其詩作中憂時憫世的愛國情懷與對社會的强烈批判形成鮮明的對比，這是其詩作有别于盛世之音的特點。崔士元弟子紀鉅維“宗法盛唐，屏絶浮響”③，爲近代河北詩派重要代表。此外，獻縣詩壇結社之風甚盛，戈涓、紀樹畬、紀煐述等人結“吟秋詩社”，崔士元、劉書年、劉濬源、馬龍驧、紀堪琴、鄭廷雲等結“杏花詩社”，其作品展現了中下層知識分子的情懷與懷才不遇的感慨，是清中晚期畿輔詩壇的重要力量。

在文學資料方面，前人選集對獻縣詩歌收録并不完備，如《國朝畿輔詩傳》對紀樹畬的漏收，時人便有遺珠之憾，後來的《晚晴簃詩話》大約未脱《國朝畿輔詩傳》的窠臼。文學通史于

---

① 王餘佑：《乾坤大略》自序。

② 范鳴鳳：《愚仙吟草序》，民國十四年（1925 年）《獻縣志》卷十二上《文獻志》。

③ 汪辟疆：《近代詩派與地域》，見《汪辟疆文集》，第 306 頁，上海古籍出版社，1988 年。

獻縣部分，僅僅對紀昀有所闡述，近年來蔣寅、張寅彭等學者對戈濤略有述及，對其餘詩人并未予以關注，《歷代獻縣詩鈔》的面世可以彌補這方面的缺失。在文學理論方面，戈濤作爲畿輔詩人之"巨擘"，以大量的詩文創作，對當時籠罩詩壇的"神韵説"提出了不同的見解，于乾嘉詩壇獨樹一幟。① 與戈濤不同的是，紀昀身居要職，總纂《四庫》，高挹群言，在《四庫總目》中以持平之論對王士禛的"神韵説"多所褒揚，然作爲個人，却腹誹頗多，大量見于其序跋之中，因此其詩作提倡性情，不依傍模擬。翁方綱以爲戈、紀二人在反對"神韵説"方面是一致的，不同的是"芥舟（濤）之服膺陶、杜與曉嵐之服習後山微有差别"②，作爲二人的摯友，翁方綱的這句甘苦之言是文學理論研究應當特别注意的。

近年來，獻縣歷代詩人的作品，除了王餘佑的《五公山人集》、紀昀的《紀曉嵐詩文集》、戈濤的《坳堂詩文集》單獨整理過之外，其他尚未有整理本，因此，《歷代獻縣詩鈔》中的許多詩集是首次面世。《歷代獻縣詩鈔》的整理者均爲獻縣籍學人，他們歷經數年勾稽、索隱，對當地詩人的材料掌握最爲詳備，庶可補前人在版本、地名、人名、斷句、注釋等方面的不足。

河北大學國學傳承與發展協同創新中心成立于二〇一三年。本中心依托正在創建世界一流學科的"中國語言文學"學科的優勢科研資源，整合相關研究力量，以保護和弘揚河北地區優

---

① 柯愈春：《清人詩文集總目提要》，第686頁，北京古籍出版社，2002年。

② 翁方綱：《復初齋文集》卷三《〈坳堂詩集〉序》。

秀傳統文化、延續河北歷史文脉爲目標，對優秀文化遺産的搜集、研究進行大幅度支持。《歷代獻縣詩鈔》就是本中心資助出版項目之一，相信該叢書的出版對河北文化暨“直隸學”的發揚能做出應有的貢獻。

劉金柱

二〇一七年十一月十三日

總　序　二①

獻縣爲獻王故地，素稱畿輔名區，是詩書禮儀之邦，詩風很盛，代有名人。但由于年代久遠，爲水火兵燹湮滅者不知凡幾，但存書名，不見詩作者，又不知凡幾。“文革”時期，民間詩書古籍，消亡殆盡。當前，百廢待興，國家重視傳統文化的傳承，大順民意，搶救鄉邦文化成爲當務之急。鄉邦文化産生于鄉邦歷史，國家文化産生于國家歷史，鄉邦文化是國家文化的根。獻縣歷代的詩人詩作，是獻縣鄉邦文化的重要組成部分，可惜一直没有一位大手筆出來，編輯一部涵蓋歷代的詩集，把歷代詩人的作品挖掘出來，保存起來，不使其自生自滅，而令其熠熠生輝，爲今人所用。

遲遲没人做這件事的原因，主要是年代久遠，詩人衆多，資料零散，難以尋覓，費力未必討好。儘管如此，人們還是企

---

① 此爲二〇一五年朱惠民先生爲《歷代獻縣詩鈔》（内刊）所作序言，題爲《萬古詩濤繞獻陵——寫在〈歷代獻縣詩鈔〉殺青之際》。

盼着有一位大手筆的出現。

不負衆望，這位大手筆真的出現了，不過不是一個人，而是以于萬復爲首的一個寫作班子，年齡都在三四十歲。這些人的一個共同點是都喜愛詩詞，都有責任心與使命感，都捨得吃苦，敢想敢幹。

事情的缘起還得從于萬復説起。于萬復是獻縣教育體育局的一名普通幹部，是《獻縣志》的主編，喜歡詩詞，在鄉邦文化研究上做過很多工作。二〇一一年，獻縣文化廣電新聞出版局要出一本《獻縣古迹詩存》，找到了他，他爲之提供了有關詩詞五百餘首。二〇一三年滄州市政協組織編寫《歷代名人咏滄州》，又找到他，他把辛辛苦苦搜集到的詩詞精選了將近三百首作品做了無償奉獻。經過兩次搜遺，他進一步瞭解到獻縣歷史悠久，英才輩出。兩千年中獻縣積累了豐厚的文化底藴，入選區區兩本書遠不如找幾個人編寫一部《歷代獻縣詩鈔》，把歷代獻縣籍人的詩作和非獻縣籍人咏獻縣的詩作都吸納進來，供人們觀覽、研究、繼承、發揚，也算爲獻縣文化建設盡一份力，這也是獻縣作爲一個文化大縣的有力佐證。有了這個想法，他便跟七位同道商議，一拍即合，説幹就幹。他們這個想法也得到社會上一些有識之士的鼓勵和支持。

編寫工作是從搜集資料開始的。資料在哪里？分布在民間和各地圖書館中，得去找。爲保護古籍，不能照相，不能掃描，找到了要逐字逐句地抄。好在于萬復已經做了一些嘗試。爲此他們跑遍周邊各縣市，跑了北京、天津、南京等各大圖書館，還從網上搜到日本、美國、韓國等域外資料。他們都是有工作的人，只能犧牲節假日出去抄書。他們都是家裏的頂梁柱，上有老下有小，依靠每月兩千元工資生活，外出差旅費要自己墊付，需要格外精打細算。外出時，他們常常是幾個人合租一個標準間，身體好的打地鋪，把床讓給身體較差的同志，而白天抄起書來，個個都是“拼命三郎”。有個同志在抄書日記中寫道，“多抄一點兒是一點兒，少住一天是一天”，这極形象地反映出他們外出抄書的情狀。

抄出書來，幾個不同版本，還要精心校對，勘正錯訛。這個工作是抄回來之後的大活兒、細活兒。幾個人分了工，每人負責一部分，字斟句酌，反復推敲。有的地方拿不准，就幾個人進行“會診”，務必做到實事求是、準確無誤。他們有時爲了一句話，不惜重返一次天津；爲了找到一個版本，居然兩赴北京；有時實在累了，停下來，想想自己是在做着流芳後世的事，再苦再累心裏也覺得甜。

就這樣嘔心瀝血，經歷一年寒暑，八册一函的《歷代獻縣詩鈔》初稿終于完成。《詩鈔》含詩萬餘首，專輯二十八個，涉及詩人百餘名，是迄今爲止最完備、最翔實的一部獻縣歷代詩歌總匯。它使我們看到了歷史，看到了人文，看到了獻縣的詩歌傳統，更從一個側面看到了獻縣作爲一個文化大縣的歷史面貌。這樣一項浩大的工程，居然由幾個年輕人利用業餘時間，一年完成，效率之高，工作之艱辛，成果之豐碩，不能不説是一個奇迹！按時下一句很流行的話説：衹要年輕，没有什麼不可能。而今，我更要説的是：年輕人衹要有志氣，有目標，没有什麽不可能！

古人云："詩言志。"志是什麽？就是"心之所之"，就是心裏想的那些美好的東西。詩之大旨，在于勸善懲惡，故國人自古有"詩教"一説。詩一直受到國人的熱愛和重視。五四運動以來，白話詩興起，舊體詩受到衝擊，但由于人民喜愛，舊體詩依舊綿綿不絶。像魯迅、郭沫若這些五四運動的旗手和毛澤東、朱德、周恩來等革命領袖們也都寫過舊體詩。無可諱言，舊體詩由于受到格律的諸多限制，不容易寫，有人把這比作帶着脚鐐跳舞。但我們的古人却跳得鏗鏘有致，有板有眼。古人能做到的，我們如果努力也可以做到。何况現在于用韵上比較寬泛，允許用新韵。詩是用來抒發感情的，衹要有情感，就會有詩。各個民族、各個國家都有自己的詩，語言不同，文字不同，所作的詩也不一樣。中國的方塊字以及方塊字的五音，是産生中國舊體詩的基本元素。一首好的詩作，不在它用什麽韵，用什麽體式，更主要的是它真善美的内涵。

改革開放以來，文化隨之振興，詩社詩刊，如雨後春笋。我們講話、寫文章，總喜歡引用古詩名言，因爲它簡約而雋永，飽含哲理，話不多而可一語中的。這充分説明，舊體詩的生命力還是很旺盛的。書法活動的普遍開展，也對詩詞的傳播起了極大的促進作用。教材選文中也逐年加大了舊體詩的比重。一切都向着有利于中華傳統文化傳承的方向發展，因爲衹有民族的，才是世界的。《歷代獻縣詩鈔》可謂是應運而生，縣政府已將其列爲二〇一五年獻縣文化建設的一件大事，足見重視。讓我們爲這部書和它的編者們點贊，他們本身就是一首壯懷激烈的詩！

萬古詩濤繞獻陵。讓我們讀着古人的詩，寫出更加雋永豪邁的詩篇，來歌頌我們詩一般的生活，來贊美我們這個偉大的時代。

朱惠民

二〇一五年五月二十五日

前　言

王餘佑（1616～1684），字申之，一字介祺，號五公山人，又號二字居士、枕釣齋主人等，私謚文節。其先世爲小興州（今河北灤平北）人，本姓宓，八世時徙居直隸新城縣，贅于王氏，因而改姓王。王餘佑晚年徙居獻縣，子孫遂稱獻縣人。王餘佑是明末清初著名的實學大師、兵略學家、武術大師、文學家。當時的一些傳記作品，像孫奇逢爲王餘佑的伯父和父親所作的傳記，隱諱了王餘佑的本生父被清朝殺害的事實，而説成在抗擊闖王軍隊的戰鬥中戰死；王餘佑的學生李塨在爲王餘佑所寫的傳記中，張冠李戴，錯把王餘佑伯父王建善的經歷安在了王餘佑身上等，使得王餘佑的身世非常傳奇又非常混亂。由于學界對王餘佑的關注剛剛開始，深入的研究還未進入狀態，所以以訛傳訛，一些錯誤的説法在網絡上廣泛傳播。趁此機會，我把王餘佑的生平梳理一遍，去僞存真，以正視聽，使王餘佑的研究走上正軌，并健康發展。

一

萬曆四十四年（1616）十二月，王餘佑出生于保定府新城縣西馬頭村。本生父名延善，字維嬰。有一兄一弟，兄名餘恪，弟名餘嚴。王餘佑出生後，就出繼給伯父王建善（字恢嬰）爲嗣子。王餘佑自幼穎慧絶人，讀書過目不忘。受家庭影響，王餘佑胸懷大志，任俠尚氣。天啓五年（1625），魏大中、楊漣、左光斗等東林黨人受魏忠賢陷害，被逮入京，孫奇逢、鹿正等人一方面收留保護忠良子弟，一方面積極籌資組織營救。王餘佑跟隨大人們參與了整個營救活動。天啓六年（1626），定興鹿善繼倡道于江村，王餘佑開始跟隨鹿先生正式求學。遭明末之亂，當時社會上許多學者士人都以平治天下爲己任，形成一種研究兵法戰略、評議國家戰事的風氣，王餘佑也開始研讀孫吴書。崇禎元年（1628）五月，茅元儀被罷黜後來到鹿善繼的家鄉——江村。王餘佑有機會跟茅元儀接觸，與茅先生講忠孝大節，論天下安危成敗，習韜略之學。王餘佑的學業也有了長足的進步。十六歲時，王餘佑順利補入邑諸生，之後每次考試他都名列全縣第一。這年他娶了邑人孔心學的女兒。

崇禎十四年到十六年（1641～1643），王建善做了兩任知縣，王餘佑作爲嗣子一直跟隨。經過四年的歷練，他瞭解了民間疾苦和官場腐敗，想建功立業却阻礙重重，報國無門。隨着對明末混亂生活的瞭解，王餘佑又發現了社會和官場上的種種弊端，在王建善山西汾州府臨縣知縣任上，王餘佑替父親條陳數千言上奏，却拂逆了當權者的意願。崇禎十六年（1643）二月，王建善由于不願向混濁的官場妥協，任期未滿，就被上司以“調繁”的名義調河南汝州魯山縣任知縣。當時的魯山縣爲亂民所占，王餘佑馳往京城領委，然後幫助父親招撫亂民，組建團練，身攖鋒鏑，三戰三捷，王建善到達魯山縣任所，命王餘佑重歸故里。回鄉後，王餘佑開始跟隨容城孫奇逢學《孫子兵法》。一面學兵家言，一面習騎射、擊刺，無不擅長。不過，由于明末政治腐敗，已如大厦將傾，縱有政治抱負，也難以措手了。

崇禎十七年（1644）三月，李自成攻破北京，崇禎帝自殺。王餘佑正在易州參加考試，聞訊投筆而歸。路經容城，與孫奇逢共謀起兵。王餘佑與長兄餘恪和弟弟餘嚴幫助本生父王延善召集人馬，聯合雄縣的馬于樹起義旗，傳檄起兵，聚衆千餘人抗擊李自成的軍隊。孫奇逢也在容城起兵，共同收復了雄縣、新城、容城三縣，并誅其僞官。孫奇逢對王餘佑的軍事才幹極爲賞識。五月，清兵入關，各路人馬全都遣散。順治元年（1644），王延善遭仇家陷害，以抗清的罪名被逮捕入京。王餘佑的哥哥餘恪赴京，七月十一日餘恪與父親一同罹難。餘嚴率壯士殲仇家三十餘口。部行公文，緝拿餘祐、餘嚴、餘厚等兄弟，幸得保定知府朱嶔（一名朱甲）、易州道副使黄國安極力排解才得以免除。順治二年（1645），部追索明朝印信，因繳魯山縣印，王建善被授予山西祁縣知縣，這年冬天，王餘佑再次隨父上任。順治三年（1646），王建善以失迎大人而被罷任，王餘佑即奉父母隱居于易州五公山雙峰村，自號五公山人。國破家毁，王餘佑對清政權采取一種不合作的態度。順治三年秋，雖然他被迫參加了清朝的第一次科舉考試，但從此他過上了明遺民的生活。隱居五公山期間，王餘佑每登峰頂，慷慨悲歌，泣數行下。他讀書更加廣博，研究尤其深邃的是兵家韜鈐之學，也許他心裏還存有復明的思想。這期間，王餘佑悉究天文地輿、兵農醫卜諸書，因匯古人经世之事爲《居諸編》。

順治七年（1650）十一月，王餘佑自五公山追隨在河南輝縣之蘇門的老師孫奇逢，開啓了十餘年的從學生涯，這是王餘佑最集中、最勤奮的研學階段，"更與征君往來講學，究經史，授生徒，教以忠孝，務實學，兼文武"。即使是初到夏峰的時候，孫奇逢已經稱讚他："申之見解已極分曉，既得同人之助，當益自策勵。"①

顺治十五年（1658），王餘佑搜輯二十一史軍國經世奥義，次第之，皆從來談史家所未及。名曰《此書》（又名《乾坤大略》），凡十卷。

順治十七年（1660），康熙八年（1669），伯父、伯母相繼離世，王餘佑竭力營葬，具悉如禮，守制六年，不再回夏峰。其間跟隨定興杜越（紫峰）游學，學以明體達用爲宗。康熙三年（1664），王餘佑出山設帳高陽，偕弟子王作舟等，檢史聯詩，辨草尋花，灑然有春風沂水之意。这年，其著《通鑒獨觀》。康熙八年（1669），易州進士于騰海爲王餘佑設立"虹澗講堂"，这年他爲門人郝謙等著《前箸集》。在孫故宅創建雙峰書院，教授生徒，凡天文、地理、禮樂、兵刑、耕桑、醫卜，無不窮析端委，從游者數百人。時與河北宿儒刁蒙吉、魏蓮陸、顔習齋、隰崇岱、吕申、高鐈和山右傅青主等，交相切磋，以

---

① 張显清主編：《孫奇逢集》（下），第 107 頁，中州古籍出版社，2003 年。

聖賢之道相期許。博陵顔習齋，素高伉，見先生氣度包羅，可資師法，自謂生平不能及，遂“以父道事之”。

康熙十一年（1672）秋天，河間知府王奂延請王餘佑主修《河間府志》。[①] 府志閲八月而成。王太守爲其在獻縣置宅，主講獻陵書院。副將孔毅買下二頃田地相饋贈，王餘佑便舉家遷居獻邑東王三孝子莊。在獻陵書院的十多年裏，他培養的學生有吴瑾、牛德醇、劉銘等幾百人。先生接物以寬，教人有序，設帳授生徒，因材而施，探奇析疑，各厭其心，不拘常科，唯以德行爲本，忠孝須務實踐，日夜指示，無少倦。其間，還爲紀昀的高祖紀坤整理出《花王閣剩稿》一書。

王餘佑主講獻陵書院期間，四方豪俊争相造訪，他“典衣銼薦”接待，有時遇人有緩急，即竭力爲之籌措，百數十金無難事。及交游有所饋贈，則介然不屑受，却金之節廣受推崇。門生弟子遠近從游者，多至數百人。他才兼文武，精于技擊，“恒以談兵説劍爲事”。他常與弟子歌詩飲酒、騎射技擊。直到晚年，他談兵述往事，仍能目光炯炯如電，聲若洪鐘，有時持刀指晝，鬍鬚戟張，蹲身一躍丈許。其馳馬彎弓，矢無虚發，觀者莫不震栗色動，嘖嘖稱嘆。

晚年時，山人幅巾褐氅，鬚髪皓白，乘牛車，數往來上谷、瀛海、嵩岱間，兒童野夫見其過，皆聚迎隨觀，争相慰藉，説：“王先生來矣！”[②] 康熙二十二年（1683）二月，學生李塨聽説王餘佑在新興閻中寬那兒，就派车把他接來，讓其傳授槍法刀法。

---

① 王奂：《忠義傳記贊》，《王氏家譜》。

② 劉炳：《五公山人墓表》，《王氏家譜》。

這年冬天，他住在學生李興祖家，疾病發作，朗吟《絕命詩》“一天雷電收風雨，將使乾坤暗裏行。尚有高陵護殘喘，争留面目見諸生”。至康熙二十三年（1684）正月初七日卒。

他去世後，獻縣的一些士紳舉人紛紛上書，請求將王餘佑崇祀在獻縣鄉賢祠。同治十三年（1874）八月，直隸總督李鴻章上書朝廷，敕准前明廩生王餘佑入祀獻縣鄉賢祠，後又入祀新城鄉賢祠。

二

王餘佑所著詩集有《涌幢草》三十卷，門人李興祖所編的《五公山人集》十六卷，前五卷爲詩。又有《甲申詩集》一册，《甲申二集》《甲申三集》每册的後半部也都是詩。王餘佑甲申前的詩作已在明末清初的戰火中焚毁，所以，他現存的詩作大多是甲申之後的。

《五公山人集》中詩歌的題材以山水詩、田園詩爲主，所以王餘佑給我們的印象似乎是一位隱居田園、詩酒唱和、不關心現實的隱士，或名士。他真實的身份應該定位為明遺民。他遭逢國破家毁的重大變故，有過激憤悲痛的情緒，但是他是有遠大志嚮的人，不會爲一己之得失而忘記故國的興亡，所以他既不與清廷合作，又要壓抑内心强烈的情感。他虽以平和自然的語言記述描繪隱居生活，但只要仔細揣摩，讀者不難感受到他雖極力隱忍却心緒難平的複雜心理。

有一點應該引起注意，《五公山人集》是選集，其中詞鋒激烈的作品已經剔除，而《甲申集》的三個集子是原生態的詩文集，其中違禁的詩篇、詩句、詞語非常之多，其中有正面歌頌晚明忠貞死節之臣的，有仰慕抗節隱逸名士的，還有寓意寄托希望于南明政權的，“《五公山人集》清初列為禁書，流傳刊本剜缺甚多”，就是經過精心剔除的明證。

“與弟子論詩，謂詩本性情，必以忠孝爲根柢。子美入蜀，子瞻海外，忠君愛國之念肫然于中，觸景流連，遂咏歌嗟嘆不已。”① 詩歌創作對于他來説是用于表達愛國之情的，所以，我們品味他的詩作，多有幽幽的故國之思。《清詩紀事初編》評論其詩似謝翺、鄭思肖，文模陳亮，“然辭旨隱約，不作凌厲指斥之語”，他的個人情感與國家興亡是緊緊聯繫在一起的。

三

王餘佑的詩歌明白平易，清新流暢。“（彭蘊秀）先生又于其暇，率三四遺老，與五公樽酒浩歌，睥睨笑傲，吊河山之興廢，付涕泪于一觴，時人莫能識也。”② 王餘佑的詩歌以游覽唱酬居多，且不時結集通過書信傳遞給朋友，即用于交流的，所以極少有晦澀难懂的詩句和詩篇。而王餘佑講性情，不做無病呻吟語，出新意，吐新聲，情味浓郁。詩如其人，王餘佑有很强的人格魅力，本乎性情，興之所之，數章立就。所以，他的學生李塨稱其“工詩字，浩氣清風，見者傾倒”。

---

① ［清］徐世昌：《晚晴簃詩匯》，卷十四，民國退耕堂刻本。

② 殷安如、劉潁白編：《陳去病詩文集》（下），第535頁，社會科學文獻出版社，2009年。

王餘佑有名士風度，其詩作不太受格律約束。《四庫存目提要》評王餘佑“不甚循儒者繩墨，其詩文亦皆不入格，考證尤疏”。徐世昌則認爲，“山人蓋自有其卓卓足傳者，實不以此與文人較短長”。田桐認爲王餘佑“講求霸王之術，不屑屑于章句。偶爲詩辭，務求粗豪，恐傷元氣，損壯志也。”① 王餘佑自己說：“生平一點血性，既不肯塗朱附粉，争妍取憐于世人；又不發抒于雄編偉略，以泄其憤懣不平之氣。”② 也就是説，王餘佑不是不懂格律，不是不會錘煉詞句，而是不願受格律的拘束，不願因雕琢詞句而損傷詩作的“元氣”。他有雄才大略，他有深謀遠慮，不屑于在這些枝枝節節上花費時間精力。他前期的詩作并不是工筆刻繪，流連花月，而是有着强烈的主觀色彩，把寫景、抒情融合在一起。他還有很多描寫與禪僧交往的詩歌，超然物外，淡泊悠遠，很能體現其名士的一面。

王餘佑的詩歌作品有其獨特的風格和感染力，這在清代的詩歌總集中就有所體現，道光十八年（1838），陶樑（1772～1875年）主編的《國朝畿輔詩傳》選録了順治三年至道光十七年（1646～1837）近二百年間畿輔地區的詩歌，作爲省級區域的斷代總集，其中收入王餘佑詩三十四首。1929年，徐世昌主編的《晚晴簃詩匯》，又名《清詩匯》，是一部清詩總集，其中收入王餘佑詩八首。乾隆年間的《獻縣志》收入王餘佑詩十八首。

王餘佑是明末清初一位忠貞愛國、恪守民族氣節的士子，

---

① 王杰、張金超編：《田桐集》，第392頁，華中師範大學出版社，2011年。

② 王餘佑：《乾坤大略》，《自序》，鈔本，中國科學院國家科學圖書館總館藏。

是一位明朝遺民詩人。由于他不與清廷合作，他的詩文中頗有對清朝腹誹之詞，所以《五公山人集》及其他作品在清前期被列爲禁書，四庫全書編纂中只是對《五公山人集》存目，而與他交往頻繁、交誼深厚的官場人物的詩文集中都不願選入與之交往的書信和詩文，這就使得王餘佑的名字、事業、成就在其身後漸漸被世人淡忘，如果不是梁啓超和辛亥革命的先驅們都對他大加揄揚，恐怕他的良苦用心和在各個方面的地位都要大打折扣了。目前，對孫奇逢、顏李實學的研究比較多，而對這位承先啓後的重要人物的研究才剛剛開始。通過對“甲申”三集的研讀，我發現王餘佑對自己作品保存收藏的意識是很强烈的。他在與所有的朋友的通信中都有詩文的附録，一般是一段時間來的結集，所以説王餘佑的作品散佚在他的朋友圈中，就像“甲申”三集王餘佑的手抄本出現在遼寧圖書館一樣。希望通過大家的共同努力，讓五公山人的《涌幢草》（三十卷）及其他更多作品能够再次面世，這樣，王餘佑這位傳奇人物的面紗纔會慢慢揭開，我們對王餘佑的研究才能更加深入，他的重要地位才能得以確立。

目　　録

五公山人集

甲申詩集

甲申二集

甲申三集

補　遺

題贈唱和

五公山人集

序

從來講理學者，弊在拘方而不適于用；讀[1]經濟者，流爲功利而不入于純。二者交失[2]，斯其人雖有言焉，徒枝葉耳，不足存也。惟本理學爲經濟，明體達用之道一以貫之無遺，則其見諸文詞者皆性情所寓，粹然盎然，歸于正直和平。用其身可以福主庇民，即不用其身，存其言亦可藏名山、垂久遠已。

吾師五公王先生，親灸鹿忠節，受業孫蘇門徵君，又從刁非有、杜紫峰諸公游，理日益明，學益邃，天心月窟之旨洞澈無疑。蓋信道篤而任道勇，近仁之質，得諸剛毅，徵君嘗亟稱之。于書無所不窺，自禮樂兵刑，下至耕桑藝植、醫藥卜筮，無不窮析端委，極縱横上下之識，數千百年間事如燭照數計。及指陳得失，蒿目時艱，真有坐而言可起而行者。嗚呼！先生具有本之學、經緯之才，乃栖岩飲谷以老，老且賚志殁，不得見諸敷施，爲可惜也。

① “讀”［光緒］《續修新城縣志》作“談”。

② ［光緒］《續修新城縣志》句後有“之”字。

余仰止先生久，浮沉宦轍，不獲函丈追隨。歲癸亥，遭先慈變，歸安肅。讀禮之暇，閑閱簡編，念無以牖迪之者，徒步入山中，敦延先生至里門，遂得朝夕侍左右，請業請益，叩以大小，無不鳴也。自恨鈍根淺識，于濂洛薪傳全未夢見，即經濟諸務亦茫然未曉。獨聲詩一道，略嫻吟咏，微辨體格。古文不敢妄作，粗識源流，皆受先生之教于萬一也。先生嘗語及門曰："詩本性情，必以忠孝爲根柢。子美入蜀，子瞻海外，忠君愛國之念肫然于中，觸景流連，遂咏歌嗟嘆不已。學古文，先正心術，心術正則理足氣昌，醇如董江都，愷切如陸敬輿，自無牛鬼蛇神之習。"余至今佩服不敢忘云。

先生編纂甚富，幾重壓牛腰，今藏于家，未及行世①。生平詩文，每興酣落筆，頃刻數紙，然隨手稿輒散佚。年來搜輯，彙成兹集，特吉光片羽耳，未足盡先生之詩古文。且願讀是集者知先生此中微尚，更于楮墨外遇之也。

康熙歲次乙亥重九前三日銀城受業李興祖拜題于歷下之廨署

① "未及行世"[光緒]《續修新城縣志》作"未行于世"。

卷第一　古詩

游趙莊石窟

細履出山村，一徑隨樵牧。溪回古樹叢，岩谺峭壁矗。洞穴如珠連，歷歷相掩覆。金光大士藏，白堊高牗暴。開鑿伊誰氏，成此碩人陸。既無鷄犬喧，復與猿鳥熟。惜少高士居，清風振川谷。我來縱俯仰，夙懷遂幽獨。繞麓漱澄流，臨壑玩珍木。涣然塵累空，往與造化逐。不羡彦方髓，豈念汝陽麯？安能遂長留，裹足謝碌碌。

柏　髯　岫（在雙峰，俗名仙人洞）

春晴愛遐矚，捫蘿效支纖。厜㕒歷石窟，仙迹云此潛。丹竈已縹緲，古壁餘突黔。清流繞緩带，翠柏環修髯。長嘯俯衆壑，曠焉豁顧瞻。世路塵愈積，磐阿夢方恬。何當追逸叟，劚藥收青黏。

述　懷

我本山中人，所食故山草。十年采榛苓，遇樵共傾倒。栖遲半畝宮，槿籬任昏曉。瓠藏一卷書，浪浪寫幽抱。閉户誰來觀，谷中諸有道。俯仰笑或涕，其意穆以窅。流雲遠岫明，近渚清波繞。入門拜高堂，扶杖過木杪。熙熙代承歡，遁迹未云槁。不記歲月徂，顔色常美好。聊將一味甘，分作右軍飽。磵旁閱乳羊，竹間窺哺鳥。豈無天際思，烟霧空縹緲。安得來遠人，一縶白駒皎。

大雪中田治埏見招，跨鞍就之

玉蝶亂飛空，萬里潔如素。故人有佳招，抱鞍一快聚。天地混凍雲，山川埋濛霧。吟肩縮若猬，戟髯森于樹。何當即入門，暖漿聊灌注。破此十里僵，傾我連朝慕。笑殺王子猷，輕舟自來去。

嘉平日有客以酒餉韓廣文者，廣文自來蝸廬邀余共酌，約午前即至，塗中口占

有客饋君酒，邀余共酌之。自來茅舍裏，談笑親致辭。但我飯罷後，是君酒熱時。夕陽起獨往，殘雪冒乾池。到門便呼盞，炙硯重哦詩。高情吾輩在，豈讓昔人期。當年蘇司業，可以等鬚眉。

雪後寄田治埏

冬深白雪寒，山遠烏薪貴。伊人寂不聞，得無折膠畏。凍雀栖僵枝，寒兔蹲蒼卉。萬物當枯稿①，嶺梅正香沸。所以天地心，剥盡復當曁。寄語拈花人，笑閱嚴凝氣。

春日同與三、雷林、肇州小集，以白酒暖酒甚佳，遂定爲長約

茅齋春日長，開談聚良友。因思人治人，遂以酒暖酒。火從杯底燃，醲向壺中吼。斟酌近自然，富貴于何有。落落古今書，泛泛農桑口。只此結素盟，得閑即偕手。

二士吟

人誰無意氣，勢壓輒卷舌。化作繞指柔，未語喉已結。吾黨有直者，百摧氣不滅。公義在人心，疾風知勁節。毒焰烈于火，傲骨勁如鐵。倘令居廟堂，朱雲檻可折。倘使臨戰陣，嚴顔頭可截。嗤彼從流人，空腔本無血。

---

① “稿”［清］陶樑《國朝畿輔詩傳》中作“槁”。

讀　史

巨源公輔器，韜光在竹林。一飲能八斗，襟量固高深。石鑒徒虚名，貪眠擁旅衾。豈知宴安日，馬蹄已駸駸。哲人貴遠識，集霰見天心。嗟哉隱身計，可以終雲岑。

冬日過永陽懷李伶隱

凍雲連贊嶺，慨然懷故知。夙昔把臂交，睥睨青霞奇。雅歌當遥夜，揮墨長淋漓。誰知十年來，參商感路岐①。君方困薄游，我亦老山陂。落落思君子，悠悠想塤篪。遽爾芙蓉城，相促題好詞。虬螭驂駕速，墳草何離離。無復念高堂，雪鬢已早衰。今過黄公壚，空爲向秀悲。笛聲咽暮靄，寒飈摇荒萁。惻惻藴中情，回翔悵何之。惟餘絮酒意，哀吟望蕙帷。

東園看菊同魏澹園賦

久不到秋圃，寒英一片開。視彼瓶盎間，猶如燕地梅。羞澀不數朵，包裹愁風摧。何如上庾嶺，萬樹攢崔嵬。冷艷奪目眩，暗香撲鼻來。始信出衆姿，離群亦孤哉。終當讓林藪，爛熳如雲堆。參差傍高樹，偃仰披長萊。焕然成大觀，凌霜矯仙裁。陶家東籬畔，所以濯金罍。嘆息此物理，芳株宜廣栽。

---

① 岐：同“歧”。

九日登文閣①有懷山中，用孟浩然南亭韻

忽驚蕭候臨，暫憩文閣上。願將鬱悒懷，一豁此虛敞。誰知九秋空，但聞霜葉響。非無盈把菊，足供東籬賞。隻影落異鄉，難禁歲暮想。

讀崇我孫先生傳

余祖頡頏賓，先生實首座。縹帙睹遺範，恍然起頹惰。至行信足傳，芳名已永播。況兼金玉輝，喬岳同砐硪。

乞者疾呼，家人以忙中不應，書此諭之

我是忙中有，彼是閑中無。我忙無已時，彼閑空嗟吁。何不分此心，偷閑一洵濡。緩急人時有，盈虛道互趨。焉知到頭日，貴賤不同途。但使心公平，中田常膏腴。

野　牧　篇

貞白當年畫兩牛，一牛驅策金籠頭，一牛閑散恣水草，牧放田野何優游。中水②墟邊野牧子，超世適情正如此。十畝爲園

① “文閣”［乾隆］《獻縣志》作“獻邑文閣”。

② “中水”《國朝畿輔詩傳》中作“水中”。

半畝宫，老守蓬蒿足經史。九載孤居似輞川，半世逃名如栗里。多年足迹不入城，袖詩跨蹇市人驚。非因失税倉皇過，却遇論文仔①細評。水墨數枝羞富貴，麻衣幾部藐公卿。手持松花索題字，愧余此道無嫵媚。悶揮不律草長歌，留與隱居做同志。

滹水泛漲，邀同韓廣文駕舟賈莊觀打魚，就惕函宅烹鮮酌酒賦

滹沱水漲秋風亟，崩岸頽堤不可域。中原有菽南畝禾，陽侯一怒成澤國。幽人無計坐望洋，悶呼同人泛野航。隨灣逐曲十餘里，水樹重重過小莊。阡陌微茫排雁陣，丘墟滅没匯皃塘。迤邐漸近大堤口，水力如牛浪如斗。一葉飄摇不敢前，逡巡捨舟上堤走。步循埒脊似蛇行，眼見梁底有龍吼。橋頭徐喚長年人，張綱撑船捕細鱗。須臾出水鬐鬣動，霜刀作鱠娱嘉賓。君家兄弟多豪曠，青尊紫蟹襟期暢。海闊天空且共歡，南來北往休慮量。起來偕手閲河工，天遣勞人歲不同。自是陳籌須賈讓，誰能破浪憶終童。漫整蘭橈景色暮，烟林鴉噪平波渡。鴳鶺屬玉冷不飛，點染殘陽皓無數。主人還趁白雲歸，漁翁遥送鮮鱗肥。柳貫紫腮登葦岸，瞑分清影入柴扉。

土室初成漫賦

當年志和耽枯槁，築室越州殊草草。片椽不解施斧斤，豹

① “仔”《國朝畿輔詩傳》中作“子”。

席棕履恣幽討。時有觀察陳少游，訪嫌門隘不堪掃。特爲買地拓其居，回軒至今人争道。我家僻巷臨清漳，自擬十洲浸三島。壘土爲室不設門，日月出入雨亦好。蓬蒿滿徑護幽栖，經史堆壁富良抱。有客蓬頭坐捫虱，哆口縱談及莊老。高車駟馬總不過，牧豎樵夫時一造。明春思結稻香閣，卧督春耕看晴昊。鳩巢三柴足經營，鶴栖獨樹亦壽考。丈夫適志在隱淪，豈必居處工華藻。淡薄寧静有成模，畎畝之中蘊至寶。四海風塵任喧寂，平地山林長熙皥。

桃花行

綏山未實先放花，游客驚看一片霞。却有鴻才宋思禮，興高携酒訪仙家。剪花鬣馬出城裹，一路吹塵風不起。韓康伯在此林中，披藿掀髯羅經史。幽意閑情仲蔚廬，籬根牖下草不除。春歸不問年華晚，賓至方知禮法疏。行厨笑傲復題句，彩毫揮落胭脂雨。膽瓶青眼對紅英，明朝不管陽春暮。已辭洞口還逡巡，拚向仙源更問津。君不見不盡沽來村舍酒，何妨長作醉花人。

三月三日

三月令辰有上巳，古聞龍橋祈蠶市。更有歲時禊飲人，東流水上浮巨兕。却怪虞摯尚書郎，詭對徐家惱盥觴。豈知成周卜洛日，因流泛羽波飛光。又有秦昭宴河曲，金人捧劍制西方。况復采蘭饒鄭渚，傾都出游盡婦女。曾説新妝水底明，還聞香袂空中舉。頗憶當時顔延年，應詔揮毫賦麗篇。引水爲渠如環曲，玉杯流轉繞芳筵。我今躬耕獻州土，不與時宜銜簍藪。二三知己阮稽①倫，詩酒相和如腰鼓。昨日尋僧望東皋，今日修褉到南浦。恰思沽酒不惜錢，詎料出門偏阻雨。垂簾偃蹇又吟詩，欲問同人何所之。濁醪白飯隨常有，躡屐相尋未是遲。

礪石作硯

屋角礪石委塵土，磨鐮磨斧咄不數。戛戛錚然如有聲，馬遇孫陽方騁步。取置几案蕩鳳膏，雲蒸霞變龍賓渡。始知奇物會席珍，豈是村兒手中具。能供牙管賦新詩，更借楯鼻草露布。古來幾許浪傳名，馬肝鴝眼何須慕。寧似此石堅且純，勁質不淄復不磷。疑經女媧爐鞴出，光焰萬丈張高旻。

偶　吟

披髮先生澧陽九，種禾數畝半成莠。租入納粮無多餘，□兒貧困學賣酒。瓷缸新注小槽流，高簾摇揚門前柳。翠濤斟與老夫嘗，玉液滿壺小孫手。一杯一説古典章，廿一史書皆上口。人間富貴須夢蒲，吾生風味只剪韭。架上縹緗列紫霞，雙眸炯炯復何有。我醉不眠欲作詩，試看劍氣沖牛斗。

招摇山下祝餘草，人得食之可長好。不知此山去我幾萬重，

① 稽：《五公山人集》中姓氏的“嵇”都寫作“稽。

餒腹行行艱遠道。不如在家躬自耕，掘渠浚井敵炎精。有時大雨滂沱至，種麥千畦與百塍。

上元前一日孔副戎席上觀燈，同孫給諫、白吏部、李顒若分韵

鈴署日高閑棋局，興公乘驄回清矚。冰繭雄篇飛陸離，正是昨朝分韵曲。將軍走使邀嘉賓，樂天謫仙來相屬。虎帳劇演鋪氍毹，鸚杓酒斟泛醽醁。笙簧唔嚩①月照堂，屏幛瑩煌座閃燭。更有銀花火樹紅，十四先看十五續。人生適意在佳時，相歡豈得相拘束。重整殽核醉羽觴，嬌歌急管横眉緑。霜毫昨日洒新箋，錦字今宵翻舊籙。逸興分題趁月歸，馬蹄踏碎長街玉。

春日過廣蔭五柳居，同龍章兄弟小酌至醉

興來跨馬淵明家，五柳門前春日斜。到齋釀具充棟牖，開瓿香氣噴雲霞。深杯引滿不停手，仰天長嘯復何有。醉歸明月携琴來，重向壚頭索美酒。

賦得玉壺美酒清若空

玉壺美酒清若空，披帷把盞幽人同。傾如仙露滴金掌，飲如荷珠吸碧筒。丹丘生與岑夫子，三人促膝春風中。浩談那顧

---

① 嚩：同“唧”。

俗眼白，暢懷不覺酡顔紅。一日不見三秋越，今晨開瓿何醠醇。尊前天地任蜉蝣，何必勞生徒矻矻。

彭孝女割股療叔

阿叔事嫂如事母，阿侄事叔如事父。共本庭幃愛未分，生意相關同甘苦。阿叔有恙女心悲，豈惜霜鈹剸雪股。德鋤誶箕伊何爲，只緣一體各肺腑。若使華蕚不殊榮，肯教枝葉偏遭腐。使君恩義定超倫，此女顧復不異親。膝前怙恃真情重，感激繇[1]來等二人。

偶過李顒若齋，新釀正熟，醉賦

幽人瓮頭新釀熟，有客叩門來不速。持螯留醉話蒼黄，萬事何勞一注目。寒花斜影耐遲看，朝靄清霜憐初沐。歸廬遠意静無言，閑檢殘編開竹簏。

---

① 繇：古同“由”。《國朝畿輔詩傳》中作“由”。

卷第二　律詩

春歸清河道中

麥緑鋪平野，桃紅間遠村。鞭絲穿柳度，帽影逐風翻。沽酒三家市，計程十里屯。前塗鄉語近，刻日一欣奔。

移家過水鄉

高調寄滄浪，移家覓小航。五湖烟水宅，八口芰荷鄉。溪菜分絲買，罾魚乞火嘗。兒童鷗鳥興，催棹入前洋。

送榮陽還山因登柏髻

過宿歸松塢，雲蘿一共攀。山高知路險，地僻覺心閑。支杖尋花去，提囊采藥還。回看郎嶺翠，歷歷掃烟鬟。

秋　意

煎沙纔幾日，凉雨頓成秋。省墓增遐慨，思家動旅愁。水衣當徑滑，蝸迹到墻留。偏是中宵夢，牢騷不肯休。

贈椒園一首

古木舊來有，馨椒手自栽。留基緣起榭，補柳爲增臺。射圃孤亭矗，蔬畦列井開。天然丘壑趣，無事剪蒿萊。

賦贈王致美客任城

拄笏看山倦，歸雲挂瘦藤。尋人賒社酒，話舊夜窗燈。歲月餘妻女，生涯寄友朋。任城南市柳，清影伴魚罾。

同高薦馨、王五修暨孚兒游隆慶，看松迷路，回過洪源宫題壁

并屐恣幽討，松林踏碧苔。雲迎高士笠，竹覆道人杯。石隱寧成痼，山居亦見才。彭衙書欲縋，猶幸接蓬萊。

偶　咏

窗曙鷄猶唱，秋風蚤露凉。雨生苔閣緑，雲點卯天蒼。客

夢憐鄉遠，離懷悵水長。安能憑健足，晨夕到山莊。

客中君式携阿咸、景生見過，景生余壻①也，别十餘年矣

故國漂流恨，他鄉骨肉情。衰容悲鶴髮，壯志老龍精。問舍心難定，歸田計未成。殷勤兒女泪，相對客窗明。

王致美來自任城，同健庭賦

柳衢沙岸古，春屐幾家閑。每憶看雲渡，遥思拾橡山。羈栖逢信少，客舍問鄉殷。寂寞君能共，愁中一破顔。

漫河道院偶憩

仙宫臨驛路，一榻自清幽。既息征人轡，還同野客舟。燎衣丹竈暖，拂塵茗杯浮。帆影催前渡，無因戀壑丘。

與孟調之交舊矣，高平遇伊弟陟公話舊，臨岐賦贈

停雲懷舊好，炙玉話新交。顧我非王粲，憐君是孟郊。酒浮西渚柳，詩滿北窗茆。嚴署惜分手，春風賦燕巢。

① 壻：古同“婿”。

大 士 庵

雙林當驛路，行役暫停鞭。漫息浮生擾，聊消倦客眠。午風鳴鳥細，晴日落花偏。小憩仍前去，塵心苦未湔。

寄懷蓮峰太守

谷口迴清矚，參商秋復春。坐叨天地德，甘老竹松人。牦犬聊迎户，郊花漸襯茵。不緣賢地主，安得遂樵薪。

寄 懷 衷 淵

從古陽春曲，逢場索和難。握鱣心自壯，談虎色偏寒。苔綉十年劍，烟迷七里灘。悠悠糠秕業，得不負峨冠。

遲 光 若 至

有約君須過，春齋酒正馨。深杯當案碧，老眼對天青。奇事徵難盡，高歌醉不停。人間蒼狗意，何苦太丁寧。

春日椒園晚酌

落日逢招飲，園亭正好春。烟輕花面聚，風軟柳眉勻。喜聽鳴林鵲，酣舒藉卉茵。晚歸茆屋裏，燈火話情親。

挽張聚五孝廉

不肯隨人舞，爲憐着主衣。玉臺誰理鏡，蘭佩自充闈。廿載斯飢苦，千年戰勝肥。飄飄泉下去，雲鳥護柴扉。

清明日示戰翼主人

客舍清明候，知音阻嘯歌。無人工白打，何處踏青莎。插柳羞殘鬢，尋花憶遠阿。近憐多酒肆，沽醉意如何。

霖生種稻

來晨十里爽，茅屋瘦騾踪。既布琅琊種，還披穲稏風。一溝清歷歷，百畝緑葱葱。時有采桑客，來談樾蔭濃。

春日山行懷肯祥、霖生

來往春風道，深山到處花。尋雲思并轡，得句憶披沙。林曉驚新燕，峰高斷遠霞。何當歸僻塢，吟賞及芳華。

秋日塔崖驛山中

尋朋過古驛，覓路入修川。鷹鷂山人業，鷄豚塢社筵。探松頻逾嶺，洗石自臨泉。歸轡乘朝爽，穿林破緑烟。

土室即事①

風雪一椽屋，朝斯夕更斯②。鐵衾回燠少，土牖納暄遲。饘③粥分鄰火，琴書引旅卮。平生安淡静，耐得歲寒時。

雨後同几青主人游柏林寺夜話

雨後過蕭寺，林泉分外清。花迎曲徑發，雀聚上檐鳴。茶竈烹新露，蔬盤薦素莖。僧窗無别語，惟有課深耕。

讀孫給諫夏日齋中詩步韵

深署人踪少，空知夏日長。乍披新杜律，如摘舊班香。更鼓聲疑豹，官槐影似篁。有材非楚晋，無事問賁皇。

醉　吟

忘却山中卧，沉酣太守堂。論文成密契，説劍亦深藏。萬卷資醒眼，三冬企熱腸。國門一字易，誰復辨蒼黄。

---

① ［乾隆］《獻縣志》中詩題下有“獻邑寓居所築”。

② “朝斯夕更斯”［乾隆］《獻縣志》作“朝斯更夕斯”。

③ “饘”［乾隆］《獻縣志》作“饘”。

用寄陳藹公韵示文輔

後世人難問，先憂計總疏。已淪中下策，空負短長書。交自分今古，吾誰任①毁譽。壯心看漸冷，且共老江漁。

鄭州題旅壁

古鎮千年迹，蕭條故壘荒。輪蹄塵陌紫，禾黍野田蒼。旅舍沽尊滿，鄉心引話長。百樓烟水際，感慨在微茫。

田 間 即 事

戴笠出門去，聊爲畎畝游。過莊餐餺飥，穿隴走秋侯。遠樹青如薺，平禾碧似油。隔溪遲近信，歸路任夷猶。

張元甫大有莊

流水一灣繞，平疇自結廛。井邊開菜隴，籬外展瓜田。種樹新成列，藏書舊有編。生涯百畝内，屈指待逢年。

---

① “任”《國朝畿輔詩傳》中作“問”。

春日同維月東園看花（時三人俱衰白）

連日出門少，不知僻塢春。偶偕載酒侶，同過玩花津。桃艷疑妝女，梨嬌譬玉人。獨憐衰白老，對景怯芳辰。

候五修不至，因獨宿齋中

準擬今宵話，幽人到却遲。都將十載興，付與五更詩。入壁風聲嘯，穿窗月影窺。迷離魂夢裏，無計慰愁思。

齋中步魏滄園韵

無求即是富，近況逐時新。齋傍烹茶友，籬圍乞火鄰。送詩常貼壁，買藥每呼人。隔户貰樽便，陶然想醉民。

閑　居

不作繁華夢，閑居致儘幽。入門安犬竇，出肆①上僧樓。桃食頻藏核，書鈔旋記籌。近來床架滿，方藥雜詩籌。

① “肆”《國朝畿輔詩傳》中作“寺”。

秋　齋

連雨罷蒸炎，身輕野夢甜。夜寒猫共被，日霽雀争檐。書課分成捆，粮儲滿入甔。更無多計較，簡譜辨青黏。

步魏瀶園打魚韵

策久冷韓非，生涯問石磯。秋濤崩柳岸，夜雨漲蓑衣。自抱嚴灘志，誰投渭水機。倦來漁浦卧，閑殺荷鋤歸。

郡頭晤魏蓮六，余乃自至其山房，同田治埏代布置愛石齋偶成

君自閤扉卧，余來到閬①居。掃窗移選石，懸杖挂行裾。落葉紛填砌，寒花笑傍廬。連宵燈火話，指點裹中書。

春日小集魏瀶園看花

東皇留勝賞，花事及春朝。綠柳風中裊，紅桃霧裹嬌。傍林飛酒榼，藉草穩詩瓢。盡醉方歸去，重來不用邀。

---

① “閬”蓋“閴”之訛字。

跨蹇同貞子過公翰田莊，因邀前村景陽并沽酒至

策蹇青畦畔，言過故友家。散莊圍緑樹，遠野覆明霞。邀客兼沽酒，爲農帯種瓜。不辭來往熟，個裏是生涯。

贈寂如上人

閲盡滄桑變，江湖一葉身。逢人休説法，入世却離塵。鷗渚看常盡，松風聽自真。書窗連夜話，茗碗總經綸。

送樵嵐游南粤

別緒經年久，丰標憶到今。轉添江海色，未盡雪霜心。游轡依南粤，鄉書寄北林。暫時分手去，相訪有知音。

秋日旅舍逢張嵩高賦兼呈陳辰人

亂插黄花後，悠然見酒徒。既能千日飲，可少百瓶沽。秉燭知時宴，臨風覺調孤。淵明猶未醉，莫忘過門呼。

三秋未到愛竹軒，冬初小集，即席賦

菊月稀來訪，相邀及小春。瓶花寒更艷，家醖醉尤醇。琴韵消塵累，吟情羡古人。坐深忘去住，潦倒任天真。

給諫孫先生曾過彈琴，别去有詩見寄，依韵答之

雅集連朝後，清裁寄草堂。尊罍思笑口，藥餌慰詩腸。狹室爐圍暖，枯枝蕊綻香。扶筇還造膝，竹下一相徉。

同人集彭藴秀齋醉飲，因邀他日當聚蝸廬也

支藤來獻國，蘭臭此間同。詩酒隨場住，風烟到處通。雪花凋蠟屐，爐焰暖郵[1]筒。他日如相聚，蝸廬剪燭紅。

杏花盛開，同人小集分賦

一朝柔杏放，似趁賞花期。嬌面迎風笑，芳心映日披。催無須羯鼓，艷却稱新詞。乘興聊舒嘯，韶光信有時。

與朱貞明話舊

四十年前事，依稀昔夢中。相看悲髮白，共對羨花紅。不作漁樵計，還憑著述功。夜來明月下，細訂此心同。

---

① “郵”［乾隆］《獻縣志》作“郫”。

静　處

静處無餘務[①]，隨緣事事齊。倩人常送柬，隔舍每尋[②]鷄。種火因蒿綆，塗房就雨泥。更多乘興處，打[③]草過前溪。

中元日壽州有感[④]

西郊收黍節，南陌薦瓜辰。頗伴爲農樂，還悲作客辛。無資歸故壟，有夢憶陳人。斷簡披殘雨，瀟瀟自愴神。

出城訪宋符九

出城訪嘉客，一路看桑麻。剥棗南原樹，摘棉北隴花。騷情思宋玉，德量愧王嘉。定熟新槽酒，談心醉晚霞。

失　驢

幾載灞橋東，吟情風雪中。一朝亡蹇足，千里任飄蓬。入厩疑黔地，出門似塞翁。破囊何處挂，只得覓奚童。

---

① “務”《國朝畿輔詩傳》中作“物”。

② “尋”《國朝畿輔詩傳》中作“呼”。

③ “打”《國朝畿輔詩傳》中作“薙”。

④ “中元日壽州有感”［乾隆］《獻縣志》作“中元日獻邑有感”。

冬仲過紅蘭齋，看殘菊，嘗新釀，復讀近作漫賦

歲暮希携手，寒花似待人。蒼顔還傲雪，乾葉不沾塵。酒味開新釀，詩懷過舊鄰。挑燈重下榻，老氣更相親。

冬日出城登北閣，遇一醉人，急避之，歸逢解殿一邀飲齋中，盡醉而返，賦此紀興

果腹游城闕，倉皇避醉人。前車方識戒，覆轍却相因。旋熾爐頭炭，還污座下茵。醉歸渾失笑，清濁詎能真①。

送允升往田

鹿車適野去，暫鎖讀書齋。社友詩須寄，田家宴好排。誅茅聊補屋，種柳正幫階。歸舍應何日，迎風聚舊儕。

分得茵字

底事過三春，春光似待人。去尋桃桱曲，來步菜畦勻。碧靄天垂幕，青蕪地作茵。坐深堤柳外，風動落花頻。

---

① “清濁詎能真”［乾隆］《獻縣志》作“清濁遽誰真”。

迎薰亭詩（昔杜少陵營茅屋，王司馬送資材助成之，故杜詩云“憐我營茅屋，携錢遇野橋”，至今傳爲佳話。余寓居獻陵，欲構一楹爲偃仰所，而無其具。徐孚尹送木材一車，解殿一借磚木兼造塹，彭蘊秀乃輦柴以落其成。余廢弃閑身，非少陵雅望，而諸公高誼則遠軼王司馬矣。時屬盛夏，偃仰其中，頗有薰風南來、殿角生凉之意，遂題“迎薰”。① 以視少陵草堂，廣狹不同，雖無榿林礙日、籠竹和烟之概，② 而一卷一儿，婆娑于土銼紙窗之下，三五良朋朝夕談讌，陶然不知老之將至，或亦有不愧少陵者。聊著荒言以述其志，質之同儕，和而歌之，其亦彷彿草堂諸咏耶③）

卷石亦爲山，蕭然此地間。巢成人衆助，雲度友同攀。歲月農時樂，風霜骨相頑。便思遺世事，杜迹向塵寰。

種竹栽花事，不勞關野心。天光簾影透，水色硯池深。問字人携酒，將鋤野送吟。栖遲交葦上，鷦鳥是知音。

劉使君過訪不遇，留詩志别，依韵

旌節勞榮顧，蓬門應接慳。非耽蔽竹僻，深負造廬閑。古道公偏重，塵踪我久删。酒泉鐘鼓義，感愧倦飛還。

---

① ［乾隆］《獻縣志》本句作“頗有薰風南來之趣，遂以‘迎薰’命之”。

② ［乾隆］《獻縣志》本句作“雖廣狹不同，無有榿林籠竹礙日和烟”。

③ ［乾隆］《獻縣志》本句作“聊著荒言以述志，屬同儕和而歌之”。

偶　興

不惜造君飲，爲愛此佳時。總然天雨濘，披蓑更杖藜。三杯澆萬卷，千載空雙眉。若問醉翁意，旁人那得知。

芸香齋阻雨連日

生事闊疏久，相逢此地寬。只因人意洽，遂忘世途難。連雨談心遠，孤燈照夜闌。不辭揮手别，問訊在嚴灘。

阿武城懷古

漢縣何年盛，遺蹤阿武城。野翁不記世，殘碣尚存名。墊澤隨原膴，頹垣與樹平。當時高滱水，無復斷流横。

秋日德厚贈詩賦答

尋友常嫌暑，吟詩忽到秋。每看垂露筆，輒愧點霜頭。趙軌才應顯，王弘釣未收。莫忘來蓽户，沽酒有羊裘。

深秋自灌藙居過漳湑[①]

吟詩出小塢，瘦蹇閲田園。曲岸高低樹，平疇遠近村。紅黄秋葉色，濃淡野雲痕。前去横舟渡，滹沱水欲噴。

贈任我宗兄

蕭然半畝宫，草率是家風。入饌無兼味，應門有小童。閑心耕讀樂，雜事子孫充。每卧疏窗下，常瞻曉日紅。

過魏蓮陸齋步韵

使君高卧處，門巷少逢迎。得食雀無語，遮窗竹有名。酌泉思水味，對石憶山盟。何日白雲裹，垂蘿面百城。

偶　興

颯颯半扉清，隆寒罷史評。但爲安枕卧，不作叩門驚。濁酒三杯醉，新詩一葉輕。僧房聊散步，時聽木魚聲。

入暑門恒閉，出門偶興餘。過河呼釣艇，赴社倩僧驢。或憩堤邊樹，時觀池上魚。歸來失候客，案積起居書。

---

① 詩題在《國朝畿輔詩傳》中作“深秋自灌藝居過漳橋”。

過龐斗樞別業

昔日經行處，君今忽異居。桑麻仍隴畝，烟火止村墟。故老瞻前客，新丁掃舊廬。遲遲不忍去，按轡動躊躇。

蒿　徑

果是元卿徑，蕭森一片遮。迎風莖似竹，着露葉如花。没脛人難入，成叢鳥易嘩。求羊來往數，植此當桑麻。

聞范野牧携酒候余訪菊竟未遇

多君饒雅興，携酒候幽人。元亮踪難料，王弘款未伸。黄花天落莫，青鳥使逡巡。來往山陰棹，新詩滿緑筠。

寄　綸　錫

碧樹關心久，希逢蘸甲歡。每臨分韵席，輒憶引杯湍。宧况車生耳，山情澗有槃。惟餘清醒意，異室共芝蘭。

步答魏滄園

平生跌[1]宕意，白髮作閑人。倚馬心猶壯，屠龍技已貧。酒杯妨病眼，詩卷累餘身。勖我真良藥，躊躇動遠神。

贈上人奇觀

久慕雙林静，扶筇未得過。空聞一指秘，殊覺六塵多。雨潤龕前草，風飄塔畔蘿。何時偕道伴，禪窟聽伽陀。

與三社兄移家

移家近館舍，朝暮便輿居。既看村東稼，還攻竈北書。衝天思比翼，藏酒待烹魚。他日承明德，應憐寄食廬。

贈一心上人

鐵衣著盡後，撒手入禪林。法水湔腥血，流雲淡熱心。半龕眠石榻，一衲傍松岑。新遇藏山叟，忘機聽鳥音。

---

① “跌”《國朝畿輔詩傳》中作“豪”。

晚山閑眺

科頭兼跣足，倚井閲斜暉。岩衲施齋返，村人看賽歸。野田逢嶺斷，倦鳥傍林飛。此際忘機事，無心問采薇。

久游回，及佩韋、劉季箴携尊共話

野懷耽浪迹，歲月悵離群。客路常忘日，歸裝每带雲。老書難上口，文酒易成醺。各爲秋農緊，前村影又分。

中秋思皇齋小酌，是日廟賽

一尊開小坐，嘉會正中秋。未閲金輪滿，先看玉斝浮。瓊樓天上宴，彩帳廟前謳。醉眼觀城市，蕭蕭起暮愁。

讀　史

上略籌邊事，雄圖在築城。金湯當地險，戈甲映林明。赦罪丁徒壯，開屯隴畝盈。不須充國策，已見可銷兵。

會稽陶文治折節從游，詩以示之

南天有逸士，北學見孤誠。糊口資游屐，論心戀故籯。未舒雙翮健，先礪一分精。膝下歡須念，休忘白髪生。

同宋子留宿范野牧家

昔年李與杜，訪范動幽情。今日盤餐會，悠然興共清。堆床偎稌黍，舉瓮藐公卿。布被秋窗下，烟霞契已成。

村　　中

市廛歷戰馬，來卧小荒村。没脛蒿侵路，拂眉柳映門。爲農耕稼苦，備盗柝鈴喧。佃客供庖饌，時時煮菜根。

步宋外翰看菊歸途韵

幽意方成聚，歸途不自禁。晚雲低去雁，落日閃遥岑。馬踏空林響，堤涵潦水深。回看載酒地，烟靄動長吟。

九　　日

令節頻虚度，無如此日憐。既疏尊到手，復少菊盈顛。杜甫詩空古，長房術漫仙。霜庭啜茗罷，話遍舊山川。

春日城中閑游

散步偕幽討，春城晝正長。風花飛梵宇，烟樹鎖芳塘。瓦石存陳迹，巾衫趁褻裝。歸來多韵事，好句在青陽。

步田界埏韵

青山依舊好，歸計在來春。尚偶看花伴，長偕種竹人。魚驚藏水静，鶴步入沙匀。眠食須當共，何言但結鄰。

冬日登文閣，同堯甫處士野眺

林閣古村外，登臨值歲寒。夕烟埋凍樹，遠水繞危欄。百里堪長嘯，一年愧素餐。獨餘薇蕨伴，相對憶檀欒。

吊朱貞明

一生俠烈氣，熱血沸重泉。力屈空填海，魂歸欲叫天。淒風悲馬鬣，苦月冷漁船。蘆荻蕭蕭處，誰憑義士阡。

李小槐謁五臺

聯轡清凉路，因參古佛場。山留赤帝迹，臺現紫金光。五覺心偏悟，三宗法自長。欲知珠藏美，闔室禮魚王。

偶　述

感遇雖難定，情緣逐日生。老懷兒女重，塵世利名輕。邸舍疏山友，牢愁間酒盟。充囊多藥餌，問病當書程。

寄竹帛

停雲幾載怨，一問比南金。知子耽書興，傳余賣藥心。韓康生計淡，伯業古懷深。跨犢如相訪，還聯對月吟。

送劉熙陽歸里

一身曾百戰，薄宦暫歸田。劍氣風霜裏，鄉心雲水邊。壺觴朋舊別，草木歲華遷。岐路何堪贈，離懷寄素箋。

庚戌十日朔家祭于瀛海旅舍

霜露驚心日，凄凉百感生。親恩猶慘目，子愛倍傷情。人鬼衣難寄，合離夢不成。一杯澆旅舍，辛苦念墳塋。

初遇雲間陸蘧璧

江湖流落客，相見話窮冬。奮迹難投筆，傭身苦賃舂。烟雲途裏句，襆被旅中容。會應逢知己，人間貴士龍。

上巳有感，兼懷魏澹園

禊飲誰家宴，佳辰轉自悲。空憐曲水讌，慵賦羽觴詩。緑醑留春晚，青鞋踏草遲。此情無共語，獨有澹園知。

垚臺丁香先開賦

衆卉芳猶斂，枝頭已破春。濃香噴雀舌，淺色淡猩唇。葉短條方嫩，柎繁朵不真。相思憑酒瀉，一盞洗蛾顰。

夏日山中

驅驢尋牧去，過市買鹽回。夏木陰山徑，清泉響石隈。論文登草閣，沽酒泛村杯。瀟漉歸來晚，烟光凝暮槐。

五　日

幽居逢五日，采藥寄山情。靈艾三年藥，仙蒲九節莖。騷雄吟可續，酒隱醉難名。茶臼重陰下，鳴蟬和杵聲。

牧　犢

牧犢臨幽澗，薰風岸草肥。石鱗吹藻動，巢鳥掠絲飛。午困依濃樹，夕吟對落暉。終焉丘壑意，蕉鹿總忘機。

冬日訪刁處士潛室，云張公儀將過從，久候不至，留別還山

控蹇尋廬植，知君約此過。久瞻檐上月，未見杖頭蓑。雲

氣籠虛牖，風音老凍柯。歸心憐歲晚，蕭颯上烟阿。

山　　齋

居深人迹罕，一室自淳龐。時摘瓶花叠，閑看瓦雀雙。石封燒藥竈，雲護讀書窗。向外通樵路，歸踪聽短尨。

九日山中對菊有感

墜葉驚飆日，寒蘗正有華。講經何處席，把酒此時家。天遠遥團露，峰高近冠霞。漫勞思習馬，醉眼付秋葩。

山家即事和洪崖韵

看社逢山叟，尋溪到野居。短垣茶竈静，矮屋蓽門虚。洗斝追高調，分題闡夙儲。興闌扶醉去，一路話農書。

郊外送春，兼訪侯光岵，載酒登釜山

今晨風日好，驅犢送春游。隴外紅雲斷，田間緑浪浮。尋朋來谷口，携具上山頭。莫惜林泉暮，壺觴可共留。

送樵嵐歸維揚

匹馬邗溝路，歸裝带軟紅。乍闌京邸酒，還飽驛橋風。鄉夢梅花馥，吟情月色同。莫嫌分手易，有約大江東。

瀛　城

春事頻年窘，紛紜緒不清。行藏難遠計，文字負虛聲。賣藥嫌壺窄，還山訝路生。良朋疏狎晤，貰酒坐荒城。

送袁御仙歸谷陽

寓內同聲杰，逢遲悵別輕。幾時京口酒，還話渭川璜。客路孤帆遠，江雲返照晴。南中多勝友，此去遍嚶鳴。

綸錫謁選回，復過堯臺，時七夕前一日

京國罷歸轡，堯臺喜再過。看花吟舊句，剪燭聽新歌。餘暑風吹少，晚凉月引多。明朝乞巧會，還望鵲填河。

過立節吊袁紫烟將軍

一世英雄氣，蕭條何處歸。龍精埋地血，馬革綉苔衣。空憶頻陽臥，難籌即墨圍。遥憑宿草墓，雨泪不勝揮。

齋居偶咏

土屋臨衢路，聊爲近市人。從無三倍利，只有一囊貧。客

少簾時放，題多句日新。不關天下事，消息問龐鄰。

梔　子　花

樓石山前種，端因護吏來。黄從占氣見，素爲鬥華開。結夏通禪契，衝炎抱玉胎。休誇紅艷賞，偏佐孟園杯。

步魏澹園韵

終日坐林端，閑聽鳥雀歡。避喧無樂土，得隱是王官。草樹經霜苦，江山入夜寒。所籌不易就，天外舉頭看。

中元日山中

農節荒山裏，空齋客思騫。簡編生計淡，魚菽野情屯。泉涌濤長壯，居深草獨繁。高堂甘旨匱，無處貰餘樽。

秋日同崇文登北山

落木秋山下，乘閑一小登。入雲纔步步，去地已層層。霜樹紅圍寺，川波緑繞塍。何緣得斗酒，醉眼杖枯藤。

冬日赴南半石魏祥符齋頭小酌

山客閑招引，相邀過北溪。日斜峰影倒，冰凍岸流齊。殘雪花緣畝，乾茆蓋護泥。回看支杖渡，沙徑晚烟迷。

冬日過凌九酒舫，欲歸矣，復上伴山樓作

連朝時酒會，復上伴山樓。檻引登高足，窗通望遠眸。低雲壓凍樹，殘霞點平疇。乘興看題勒，行踪又漫留。

人日霖九、崇文同淳庵、周禎集衲窗，茗甌小話，時雪中

人日山家會，茶甌作柏尊。充餐無市味，佐節有清言。花事偏吟雪，春風自掃門。草堂成小聚，莫憶舊鄉園。

贈　環　原

風雅堪同調，溪山更比鄰。時邀出岫月，來晤讀書人。細草求羊徑，真情懷葛民。登臨合有約，猿鶴本相親。

訪道存易城齋頭

城居非近市，一徑自求羊。巷僻門屏静，園深薺韭香。快書圍膝榻，幽卉繞肩墻。莫厭頻來往，閑心于此長。

易城半籬居

借得半籬寬，碩人隨意安。既忘栖樹榻，還飽飲河餐。敝席非旋馬，編蘆也泛蘭。圖書如可放，蝸角任盤桓。

盧宅夏日小集

小集臨初夏，深厨事事加。酒匀當座面，風裊隔簾花。玉麈霏談屑，金團散墨沙。清思吟欲就，榴影幾枝斜。

秋　感

霜露驚心日，蒼然游子愁。意隨黄葉亂，身與白雲悠。雁影孤寒月，砧聲搗暮秋。鄉園何處是，客夢尚淹留。

中秋集登之齋頭

豈可無尊酒，寥然過此宵。有君開雅興，顧我動輕謡。人影光中冷，天心静處遥。數巡杯斝裏，洗盡市塵囂。

冬　雪

寒天將入臘，微雪忽先澌。雀凍巢聲漫，雲同蒼樹疑。小爐圍冷火，熱酒慰僵髭。獨有凝霜意，臨風憶所思。

漫 興 賦

堆案書千卷，入山雲幾層。不須結酒社，恰好作詩僧。柏葉香堪摘，松枝老可凭。無爲在塵世，終日困蝸蠅。

愛 旭

愛旭坐檐前，蒲團隨日旋。硯池親試暖，茶竈細看烟。睡未三竿足，階仍一線懸。臘中春已始，眼望是明年。

偶 成

悲喜寧關世，行藏自問心。幾回彈劍意，不盡負薪吟。幽興饒杯酒，閑情隔竹林。春山總可念，誰爲訪知音。

卷第三　律詩

山中九日用蒼若韵

雲埋山塢護葭墻，脱葉風飄點徑荒。高會無心追戲馬，近懷有調續柴桑。消閑沽醉憐萸盞，排悶催吟憶草塘。黄獨紫芝他日事，一年蕭摵[1]過重陽。

偶　興

淡雲疏雨過柴荆，録録塵寰苦代耕。只以生魚求膾具，休將藥草問時名。公榮不飲誠多事，彦道能狂自盛情。近日買山非樂隱，漁樵或不誤蒼生。

---

① 摵：古同“槭”。

秋日過涿鹿訪元樸藥肆

瘦蹇盤沙訪舊游，西風簾幕正驚秋。寒花何處開陶徑，短髮于今笑孟頭。入塞雲鴻聲乍接，思家霜月影誰儔。蕭蕭藥裹韓康市，倚竈高吟破旅愁。

賦　懷

淅歷秋聲報客居，殘燈寒焰照箱書。白蟫戀紙緣尋字，緑醑盈尊豈賦魚。粉墨世情留野史，丹青心事付權輿。□逢結袂成高調，短髮蕭騷人毀譽。

九日坐還白齋已嘆無菊矣，因過訪又損得紅菊二枝

□寥已分愧陶家，籬落空吟日影斜。敢説叩門緣入社，□嫌投刺爲看花。霜英移把香生袂，露蕊凝尊艷浸霞。珍重晚芳矜乍得，可無冷句報秋華。

重過廣福寺，舊日留題悉爲僧洗去，因示趙一六

重披苔徑過雙林，舊日留題竟陸沈。洗壁僧①嫌名已贅，

---

① “僧”《國朝畿輔詩傳》中作“猶”。

文[1]筇我與世無心。地偏應有烟霞癖，緣静仍思鐘磬音。得子尚羊成狎晤，往來莫厭酒杯深。

寄覺明上人

振衣歸去隱幽嵐，半壁修篁一勺潭。倚石有時題硯北，拜書偶爾效和南。谷深人語緣樵徑，林静經聲想佛龕。莫怪丘[2]園清興劇，遠公曾約結高譚。

西園小飲

西園小築未成厢，消暑開樽坐短廊。雙樹敲棋披樾蔭，□雲拖雨送襟凉。割鮮近市貧居便，借酒邀朋主興長。分韵茶瓜歸去晚，菜畦深印屐踪香。

無　　題

晼晚何愁秋日低，半床落葉護糟堤。百壺懷抱黄花露，四壁風光白版題。鬼草餐餘人浩落，鹿裘披去徑萋迷。門前苦竹深如許，未許尋常步履蹊。

---

① “文”《國朝畿輔詩傳》中作“支”。

② “丘”《國朝畿輔詩傳》中作“邱”。

偶句足成，有懷山中諸友

雲樹千層水一灣，幽人此際好閑閑。釣磯坐去携殘卷，樵斧腰來耐遠山。甯子不離牛口下，石生何事馬蹄間。總無長統良田樂，丘①壑生涯足閉關。

重過故園得秋字

家鄉蕭索幾經秋，跨蹇重來閱昔疇。禾黍田園非舊主，牛羊墳墓半荒丘。雨餘蛙部喧林際，風定花鬚落隴頭。獨有烟村臨野渡，殘霞飛盡起江鷗。

偶　感

三徑荒蕪豈邃居，鳥巢魚窟更安如。逢人只合長緘口，避客終當諱讀書。船入竹中聊斷問，蘭生道上亦妨鋤。從今玩世休希阮，一味猖狂計尚疏。

雨　夜

黑蜧朝眠忽夜驚，淙淙急雨響南榮。暗添蓬溜疑雲聚，凉逼絺衣覺簟清。滴枕愁多消蝶夢，灑窗風驟亂鷄聲。蕭騷倚榻

① “丘”《國朝畿輔詩傳》中作“邱”。

吟難就，幾度支簾盼曉晴。

贈　雷　林

俊異神襟自可人，銜杯高致澹然親。久無妙句題佳士，可少良游趁好春。松砌温經應閉户，茅櫨課字漫勞薪。誰家酒瓮常臨壁，携手相將一結鄰。

步答椒園秋雨韵

荒村野水溢秋寒，淋雨頽唐比屋殘。幾部鳴蛙真産竈，無端泛梗不充餐。銷憂耐簡幽人筆，逃世虚裁處士冠。欲過東園舒嘯咏，平田漠漠蹇蹄難。

蔡　山　人①

中郎誰道後無人，柳市于今有隱淪。松菊不妨三徑蔚，琴尊恰合四時親。猥當迢遞分襟日，却憶菰蘆對客辰。安得鷦鷯栖正好，一枝容我作龐鄰。

寄候邢竹帛孝廉

勃窣張憑久閒居，孝廉船遠玉音疏。西唐我試餐松法，北

---

① “蔡山人”［乾隆］《獻縣志》作“蔡山人笠”。

渚君耽種术書。驚眼緑熊休過艷，縱心白帢尚堪娱。相思一葉秋風裏，百里襟期訂遂初。

偶興寄示魏澹園

春來楊柳幾枝枝，盡日關門懶賦詩。客爲厨貧相過少，家因山遠去看遲。閑中避疫憐殘喘，卧内書符賺小兒。料得渡頭學①圃伴，杏花春雨足相思。

贈 又 鄴

麯部騷壇舊作家，風霜幾度染顛華。銜杯尚可吞糟壘，摇筆猶堪吐夢花。别墅招尋頻接袂，仙居造訪未登車。安能縮地從君住，日醉兵厨紫玉窪。

薦馨自秦中登太華歸，先在峰頭曾有信見寄，詩以訊之

落落高峰勒賦回，幽人屐齒挂雲堆。緘書曾接青鸞信，嘗藕應披玉井苔。驢背烟霞收險塞，杖頭風雨老吟才。歸囊定滿驚人句，何日挑燈話緑醅。

---

① “學”《國朝畿輔詩傳》中作“爲”。

得容齋贈别句依韵賦答

還山春路柳眉舒，已有高人爲買居。支杖西峰聽瀑布，分襟東渡注丹書。廿年古道存栽菊，半世閑情老荷鋤。咫尺烟霞非遠隔，跨牛應過武侯廬。

柬容齋

雷水新巢乍定居，鷦栖猶憶買山初。未能話雨重聯袂，偶爲移花暫寄書。種果右軍應見待，吟詩開府可相于。思君不負藤窗月，竹樹烟深興有餘。

山中偶感

傝㑩通疏抱膝吟，無端歸興過前林。行踪漸覺田園近，老况偏于兒女深。幾樹山花開倦眼，一灣溪水滌塵襟。閑中不耐思閑事，掩卷枝頭聽野禽。

春暮于霖生携酌邀家嚴魯山公稻亭小集，同盧肯祥、郝獻之

青山如黛四圍匀，喜得中林有主人。蓮埠井開新築鑿，稻灣棋布小經綸。一樽傾倒依斜日，二美逍遥送暮春。少長俱歡成盛事，烟霞高調倍精神。

冬日即事

暖卧飢餐信有緣，琴書環堵任蕭然。强瞠病目看文課，豫借修①金補藥錢。窗外凍鷄栖解語，竈前寒婢爨生烟。來春弟子名場近，燈火兼工不問年。

雨窗閱牡丹譜漫題

細雨秋階滴瀝聲，攤芸鹿韭彙分明。曾聞司馬坡邊貴，還問潜溪寺裹名。賞到四香真可嘁，面開一尺亦堪驚。繁華自昔非佳玩，羡爾幽蘭只數莖。

柬耀寰

咄嗟心事與誰言，留得猖狂類漆園。豈憚捐裳居裸國，幸無鼓瑟向齊門。博逢瓦注偏成巧，膏遇明生却自煩。萬緒勞勞何日静，不如白眼對青尊。

瀛臺相傳馮道吟臺

多年積土未成山，强礙清虚雜市闤。自昔乾坤空老大，于今草木尚痴頑。攀躋舊閲塵千載，吟望仍餘水幾灣。一繭殘墟

① 修：當为“脩”。

遺論在，無端憑吊總須删。

孤坐偶吟

□墻竿竹亦亭亭，孤坐蒲團境自冥。窗外雲天時透碧，函中史籍鎮垂青。穿林啁哳聽山鳥，憑几源流閲水經。此際閑情誰得似，無心鷗鷺集沙汀。

李顒若齋沽酒寫句因而志感

晴窗䗶素寫詩新，竹葉尊前岸角巾。似水行藏人自肅，如雲翰墨我還珍。波漂木偶難撑拄，坂逆金丸枉苦辛。一座花光同酒面，等閑高下閲千春。

癸丑省墓始讀參甫、橋梓及光遠、瑞齋、界娫、治娫爲先君、亡兒鎸立墓碣，雅誼昭然，不勝感愴，惻然賦之

三年兩度拜墳塋，枯草寒烟感愴生。荒冢傷心游子恨，新碑墮泪故人情。九泉何處澆杯酒，八口終朝滯客程。寂寞青山千古意，不堪回首暮雲横。

初買蝸廬，孚尹枉顧[1]，蘊秀以詩酒見過，次早復聚蘊秀齋，廣蔭亦至，詩以紀之

初買茅庵款舊盟，同來詩酒共清評。人如玉樹臨葭席，談似寒泉漱石聲。交締白頭昆弟美，知逢青眼古今榮。壽州自昔多賢地，此後應傳我輩名。

讀　史

六國分肌啖虎狼，馮亭歸趙慮應長。廉頗合使終堅壁，毛遂無嫌綏處囊。上客徒知憂肉盡，群英誰解念唇亡。千秋高義惟東海，萬乘談空豈爲梁。

酬宋廣平次來韵

乾坤何處不蘧廬，任運惟憑下澤車。中水池塘應似舊，上林鶯燕不如初。梅花賦古詞盟繼，柏葉尊濃酒興舒。寄語廣平同調者，三春嘉會在荒居。

左園小集

平泉春宴接芳茵，酒伴詩朋集賞辰。題遍紅欄花未老，斟

① “孚尹枉顧”［乾隆］《獻縣志》作“盧孚尹枉顧”。

餘綠蟻興方新。翻天風雨何曾妒，入座琴書雯見親。此地相逢原不偶，况無十丈軟紅塵。

述懷次原培韵

幾度深居念水源，伴生俠骨老山村。烟霞有夢猿啼醒，禾黍無情雀啄翻。谷口課耕欣石友，壚邊結社辱金昆。相將偶半風流住，却憶春叢滿故園。

酬白吏部送游金陵

不逐征塵鞍馬裝，依然瓢笠過維揚。六朝往事山河異，一路清吟草木香。采石豪華誰嗣李，新亭慷慨尚思王。先容錦字堪投契，便擬僑居作故鄉。

秋日同純冶、允升游南閣振衣精舍，聽嘉徵彈琴

巾舄禪關喜共尋，茗杯纔罷聽鳴琴。調高自覺塵情遠，秋爽渾忘客况深。經典浩談供几席，松雲流覽憶山林。暇中莫厭頻來往，世外風光屬素心。

余與又鄴俱移居樂壽，相距十餘里耳。又鄴抱痾，余復冗羈，未及相見，詩以候之

長源别後幾經春，彼此移居恰近鄰。我爲食貧常閉户，君

因抱病少逢賓。犁鋤生計輸田舍，詩酒風情枉月輪。却欲跨牛尋栗里，無端塵事尚牽人。

樂城中秋邀吴星潭夜話

對景誰期又樂城，盤餐相聚古人情。浮沉往事如雲度，款洽新交似月明。舉目山川仍挂影，無心天地定留名。茅檐談劇杯重把，露濯凉襟塵柄横。

讀魏澹園寄詩步韵

休從華屋問行藏，耕讀安身土作房。數米經綸依畎畝，傭書事業愧宫墻。生前有酒誠高計，窮後工詩轉勝場。指日東園花柳放，偷閑還訊燕泥香。

午日劉明府以鹽肉見頒，愧無芹答，又重以攀轅之戀，詩見意焉

一茅纔築卧甘棠，地主深恩午日長。分得晶鹽添水味，頒來鼎肉佐蒲香。榴花何處争穠艷，騷賦隨緣任徜徉。斟酌野芹無可獻，愁心又爲選錢忙。

齋中讀在川喜雨詩步韵

階前曬藥愛秋陽，細讀新詩筆墨蒼。天雨甘霖人雨玉，禾

生長畝草生塘。驪珠壓倒登臨會，蕉葉傾殘嘯咏場。冰簟夢回追盛事，和歌特爲啓青箱。

齋中孤悶，值彭藴秀送《同張廣文游萬春山》詩至，快讀和之

雨後荒城鴨蕣青，門前潦水作淵渟。時從頹岸窺雲影，旋向垂條覓露泠。奪目黄盤來几案，賞心紅友在郊坰。詞壇頡頏推蘇李，仰企流涎爲醁醽。

寄九仙山人

耳順餘年在已驚，强將朝露俟河清。奕棋世事輸先着，幕燕身謀誤後生。薇蕨久嘗心自苦，烟霞暫痼氣難平。知君定有超凡語，無計山頭一細評。

和灌園叟移菊韵

雨澀楊園野徑凉，蹇驢未遂賞秋忙。空依仲蔚門前草，遲問泉明榻畔芳。漉酒正宜開瓦瓮，賡詩却自坐繩床。良朋近訂尋幽約，指日扶筇到柳堂。

灌莿息菊甚盛，有約未赴，十月末旬始策蹇得觀

野懷從不負花期，却愧今秋獨後時。只戀白雲横北郭，竟

忘黄菊老東籬。驢鞍幸及尋霜葉，鷄肋猶堪對月枝。古調晚芳原素契，青尊一倍賦新詩。

過振衣上人禪室

晴和風日過僧房，坐對金爐細細香。一榻暫離塵世界，半竿全挂戒衣裳。經臺自有天花墜，方丈何須笏版量。便欲呼朋歸淨域，閑攤貝葉禮空王。

正月十八夜宋廣文招集同人分韵，即席賦，限以一句成飲一杯

傳柑節後酒筵催，得意同儔陸續來。昨日春光郊外柳，今宵花事座中梅。江南才子詞宗邇，薊北英流武庫開。一句詩成一杯飲，巴人愧乏百篇裁。

中和前一日訪宋符九途中偶成

布襪囊詩過小莊，伊人閑晝定春忙。旋消冰水烹茶葉，細爇沉烟繞木床。燈火看餘殘醉醒，簾櫳敞處惠風香。到門有句須頻和，明日龍頭起老狂。

同宋子留訪野牧

曲徑迢遥雲樹賒，聯鑣訪隱入桑麻。路迷每借田夫引，心

急惟愁日影斜。何處篷蒿張蔚室，幾時詩酒范丹家。飢腸馬上思嘗棗，繞陌踏殘布地花。

己未重陽已過，次日宋外翰東促補之，賦答

幾年令節寄他鄉，落落同人少命觴。憐我悶懷思早菊，多君高興補重陽。酒當連酌何妨醉，客遇長歡豈惜忙。此日正逢十日飲，布衣交在好徜徉。

得田界埏寄詩步答

苦憶同游不記春，羈栖風景忘陳新。纔吟臘雪添騷句，又看桃花拂陌塵。幽夢總回修竹畔，行踪難到古溪濱。論心只有歸田好，負鏄析薪是解人。

答李廣寧次來韵

剥苧誰憐深谷幽，彩箋飛度片雲浮。墨華奕奕如星燦，筆浪滔滔似漢流。分誼自知懸兩地，夢魂豈禁憶三秋。青蓮高況親蓬蓽，黄犢朱門合樂游。

劉大司城過訪

年來芋栗未全收，若苣充餐坐市頭。賣藥既慳參术貴，懷人空覺露霜秋。披帷越石知新喜，作儈君公愧舊游。揮塵禪關

談上理，可能白眼看雲浮。

哭彭蘊秀

雋絶才華倜儻身，巍然山岳振風塵。魯連排難真高義，彦舉揮毫自異人。開酌何曾離勝友，尋幽從不負佳辰。一朝寂寞揚雄閣，垂淚千行共愴神。

寄君僑

白頭那忍復離居，肺腑連年不致書。世事茫茫誰得似，人謀落落竟難如。飄風未晦經天日，巨浪終宜縱壑魚。此後驢鞍須過訪，閉門高卧在茅廬。

村居用馮琢庵先生韵

自起朝炊炊箸收，短墻斜倚似憑樓。門前舊壑新添水，林外浮雲遠带秋。草牖希來作賦客，秫田常伴荷鋤流。油油禾黍連天際，疑是蒹葭白露洲。

劉潛夫節度歸里

别去襜帷幾歲寒，司空丰彩隔雲端。折檻舊説王凝健，好士今聞柳璟寬。一丈車幢榮故里，三花馬鬣艶江干。山翁預擬香山會，詩酒因緣永日歡。

秋日同李廣寧、鄧公遴過流九水訪趙處士，因游五雲泉，題唐錫寺壁

九水款扉因訪道，五雲繫馬爲尋泉。柿林蔽芾圍孤寺，山麓駮駴接遠天。摩石看碑前代迹，循廊題壁野人緣。紅塵此際飛難到，載酒重來卧翠烟。

余耕移樂壽，市土室居之，又買瓦房數楹，減餐乞鄰以酬直，蹙蹙興生[①]，自嘆太苦矣，因志感

耰鋤矻矻傍荒郊，營業何曾具斗筲。筆墨應酬同買卜，盤餐拮据似調膠。老鼉無奈身藏繭，智鵲還思歲改巢。白首勞生何所用，不如懶鶴卧松梢。

風中閉户

蒲團闔户避緇塵，瓶裹花枝坐閱春。思在遠方身在邇，題拈舊韵句拈新。單衣乍試寒留榻，雙燕初來語問人。却少酒杯供醉卧，草窗清夢五湖濱。

---

① “蹙蹙興生”［乾隆］《獻縣志》作“蹙蹙營生”。

重陽次日用吴梅村九日韵

無意清尊學問天，重陽節後憶歸田。拘牛種麥黄花隴，舉網烹魚白酒船。潦倒書淫徒自苦，凄凉客况少人憐。愁中只覺流光速，誰去深山企大年。

偶　述

鼠肝蟲臂漫沉吟，白眼行藏直到今。殘帙真同斷後尾，衰年盡减護前心。但能把酒還邀月，何事披裘又拾金。乘興小車栖止處，亂雲堆裹是知音。

贈鄭天波

處世休教清濁偏，吟詩度曲過流年。衣冠豈必存孫相，雅頌何妨繼鄭箋。摩詰畫圖傳墨苑，無功酒譜艷觥船。秋還社課多疏懶，無數詩題未入編。

偶　懷

潦倒蓬蒿作隱淪，十年磊砢未依人。隨場牛馬呼來久，到處鷄豚醉去頻。褐玉豈容塵世見，涂金休使野翁親。逍遥松竹多佳興，終向深岩伴子真。

劉季箴齋讀及佩韋題壁詩，步韵寄懷

雙鬢蕭騷著客衣，屐踪久矣踏田稀。詩囊驢背隨蓬轉，經笥車輪逐鳥飛。對酒幾番談浩浩，看雲到處興霏霏。連宵壁上龍蛇影，酷想聯鑣上翠微。

步答貞子

落落離群卜地耕，孤村水涸不成泓。偷存八口原非計，逆料千年衹是名。舊德凄凉空抱痛，新知散漫愧嚶鳴。高松寒嶺惟君在，安得聯床話此生。

春日野牧相訪，出途中詩見投，步韵贈之

據鞍隔澗小橋通，野客行踪便不同。箕踞因貪垂柳緑，盤旋似惜落花紅。吟成好句非耽酒，想結幽人自順風。入户何曾論禮數，先翻近課敝籯中。

落花詩

本是名園傾國姿，爲憐春盡總難持。夭夭麗質紅成泪，簌簌芳林緑作期。抱蕊游蜂愁已散，隔墻戲蝶悔無知。東風莫浪閑吹去，猶似西宫爛熳時。

一枝留賞正晴暉，萬點愁人不忍歸。長信草深香亂擁，未央月迴色全微。欲翻應怪鶯蹂遍，不掃非關客到稀。多少王孫携素手，爲君憔悴愴分飛。

怨魄殘魂逐水崖，回頭望斷瀑衣階。明妃去漢沾裳易，陳后辭君買賦乖。十里青青看鎖霧，數株颯颯鎮傷懷。誰家擊鼓猶尋賞，惱亂芳心共粉埋。

心傷摇落已成焚，忍見芳叢挂夕曛。墮影恍如蜀夜雨，銷魂非但楚山雲。痕飄竹上湘君泪，色染楊家白練裙。九十韶光終有盡，何人洗拂倍殷勤。

紅英飛盡掩朱門，蝶往蜂回總斷魂。溝水尚能浮墜萼，幽禽何苦啄殘痕。金鞍踏去同明月，玉釧拾來感舊恩。不見連昌風動夜，老人泣罷一重論。

誰家亭榭緑陰天，飄蕩殘英絶可憐。夢繞深宫歌後扇，身隨遠浪渡頭船。依依未肯逐風逝，處處焉能倩鳥旋。遥望故枝心似水，安排隔歲一團圓。

色去應知未減香，日斜何事斷人腸。行宫院宇飄零後，客路别離桃李傍。耐可拾芬還嗅蕊，争禁抱怨不成妝。盈盈弱質誰相念，散入烟霞也自芳。

五陵東市嘆飄零，賣酒胡姬怨後庭。染袂朱痕常不散，調弦清蔭那堪聽。夢回金谷空沾砌，畫作丹青尚在屏。惆悵芳年成往事，凋顔碎粉自星星。

欲去榮華戀未休，翩翩猶上碧搔頭。春光有限鶯偏老，芳草無情水自流。對鏡飄零憐鬢瘦，窺窗黯淡使人愁。明朝風雨還難定，莫爲傷春獨掩樓。

春風不改緑條森，悔殺當筵醉未深。愛拾餘香渾作雨，强描碎影不成金。南林寂寞燕無語，北砌斑斕蟻有心。此際徘徊誰是伴，月明凉露聽柯音。

嘗聞春色在江南，何事飛飛洒碧潭。暮靄籠香歸故苑，摇波流片上澄嵐。散來籬落千家艷，聚處芳塘一棹酣。寄語吴歌諸女伴，玉筐盛去當襜藍。

學雨爲雲弄畫檐，紫騮羞繫酒家帘。慚隨舞袖紛紛下，耐逐春風陣陣添。山客好眠常不掃，美人愁寢正開簾。增啼增笑憑君取，抱出芳心苦亦甜。

雜　　興

不衫不履不知年，縱酒耽詩亦解禪。冷眼自能窺造化，□情非爲絶因緣。舊狂未已心猶燥，近癖將成語更顛。惟問西溪流水地，時時風雨洗龍泉。

棱棱瘦日照雙肩，撥悶鑽幽亦自憐。剩有鬚眉留俠氣，可無詩酒傲霜天。寒灰雖冷猶存火，石子將開竟吐蓮。信馬懵騰隨便住，流光無那箭離弦。

苦吟無曆隱情兼，小舍寒生紙作簾。但得胡盧容我坐，何須去就倩人占。東窗未擬風如剪，北牖還看雪似鹽。欲問羲皇焉處是，此身隨地便心恬。

一椽猶未卜寧居，短鬢蕭騷雪不如。昨有詩朋歸舊社，久無高興著新書。蒲團入臘聊持偈，藥裹逢春欲市鋤。□道幼安能避地，片帆還憶故鄉魚。

和惠迪先生園林逸興

寸魚竿竹自園林，小酌幽閑日日尋。但解花開須教醉，不妨月上更成吟。尊前共接臨風致，松下同歡秉燭心。此際酣眠真快事，再來相記定携衾。

題白雲觀壁

合與青山有舊盟，等閑杖履快生平。峰高頗便登臨眼，友勝偏宜咏嘯情。黃葉著林添暮色，白雲留榻護虛清。松頭莫訝停三載，酷喜通宵坐月明。

春日拜漢剛侯賈公祠

枯柳攢烟裊弱絲，舍情一謁賈侯祠。沙沉金甲鄉民話，功列雲臺漢主思。廉藺義高仍仰躅，丹青貌古自生威。趨蹌未冷河山泪，欲勒將軍血戰碑。

市　隱　堂

浪迹先生市隱堂，旁人不必問行藏。有時朋舊書千里，逐日童蒙課幾行。叔夜懶從天性慣，仲華笑付少年狂。只消一枕疏籬上，閱盡紅塵無數忙。

閉　　門

縱懶耽眠過幾旬，閉門先謝問詩人。君能有興不妨叩，我若無言慎勿嗔。賣履桃椎稀見面，結巢文舉少逢鄰。年來看破蕉中鹿，夢裏紛紜總未真。

夏日東園小集

小園春盡羽觴開，携伴孤亭坐翠臺。席地空窗晴日映，幄林新葉好風來。談霏少長花香送，酒瀉温凉鳥語催。醉裏不禁思往事，幾行散屐蹴莓苔。

夏日同李廣寧過周俊明宅

聯轡經行過草堂，命儔嘯侶翠濤香。素瓷坐放白青眼，細簟横鋪上下床。談止幾回矜得兔，情深一往羡屠羊。幽尋來去訂蘭契，城市山林話正長。

哭王惠迪先生

撰杖深林失路年，春風懷抱幾人傳。孫嵩自愛邠卿達，鮑叔偏推仲父賢。龍迹舊游岩尚拱，鷄流故堞水空纏。傷心痛洒西州泪，不忍重耕谷口田。

署齋用燕又韵

市城住久懶如家，疏却山頭坐碧霞。雲嶺變成窗外石，松林移作閣中花。詩裁滿壁青衣拂，客聚盈堂紫幕遮。大隱自堪供嘯傲，夜嚴清漏靖鳴笳。

聞通安明陽劉逸民高卧岩灘，嘉其風烈，詩以寄懷

出塵白鶴仰伊人，叢桂新篇問隱淪。卜築墻東聊閲世，讀書竈北自傳薪。陶潛有子名偏盛，謝朓能詩興不貧。翹首考陽千里外，大河春水許知津。

垚　臺

九層百尺總荒唐，一蕢爲塍景自方。栽菊培松森晚艷，蒔桃插柳貯新芳。棋枰對坐堪乘蔭，酒盞横排可作床。莫道庾樓偏興劇，兵談詩話任相羊。

偶　述

避居常愛柳毵毵，木榻蓬窗静影含。擄竹衹堪呼濁酒，逢人并欲减清譚。幼安世事通難問，彭澤琴音量自諳。一任池塘風雨過，蒲團幽夢正深酣。

還山讀郁華小樓集飲詩，追和其韵寄之

還山落落已三秋，虚却披襟坐小樓。蒲盞漫供詞客醉，石泉空傍野人流。雨飛郎嶺千林潤，雲掩班峰百里浮。歸舍擬吟七步草，西園高唱在前頭。

齋中步魏澹園韵

冷吟閑醉半床餘，浩落行踪未卜居。已買蒲團思入道，尚提筠管學傭書。山岩自解藏靈鳥，江水何曾潤涸魚。了却忮求心便穩，高懷合與世塵疏。

酬梁園雪龐田明府

桃椎自昔見人羞，茗米隨緣也結儔。既有穎君揮紫電，何妨從事問青州。籬邊潦倒歸陶令，架上沉酣想鄴候。有子書倉堪世守，元龍只合在高樓。

追逐雲霄愧未能，草堂幸喜話青燈。人情已晰同觀火，世事何勞切飲冰。醉裏升沉休感慨，眼前粉墨總模棱。誰堪共訪廬敖隱，五岳名巒任意登。

羽士尹元齋以詩見寄，依韵答之

吾道淪胥久莫傳，晚尋羽客話寥天。自知鵠卵難生鳳，却想麻池好種蓮。三語豈關希驟貴，一心只合守常然。歸來細味南華理，樗櫟猶堪享大年。

山中賦贈張元甫

卅年鄉國舊雷陳，幾度論文坐錦茵。膠漆不同桑海變，烟霞偏與鹿鷗親。山陽故隱君猶健，栗里新詩我自貧。携手峰頭談往事，長林豊草總傷神。

對菊無酒

不須甘谷盡登仙，摘得籬花入案鮮。自分有詩酬令節，却憐無酒慰寒氈。妒深青女芳偏永，傲并白衣節久傳。特與柴桑問消息，瓮頭曾否漉如泉。

漫　興

濯酒乾坤莽自存，行藏落落總難捫。世途幾日堪安枕，生計何年不出門。破帽看山增感慨，瘦囊過市閱朝昏。珊瑚大海難施網，且向光芒覓石根。

偶　興

老懷山巷頗相宜，種竹看雲到處詩。舊館謝來無俗累，新居謀定有心期。偶尋敗籜過西澗，爲戀寒香倚北枝。雪意一春慵起蚤，晨炊小婢每教遲。

齋中野牧見過，留題步韵

問舍求田占上流，元龍豪氣暫時收。莫將金紫供青眼，且放松雲罩白頭。尊酒堪留野客醉，壁山不礙冷人游。從茲來往休嫌數，架積芸編好共搜。

魯望齋頭偶成

幾載飄零不憶家，偶然谷口閱年華。還將海上神仙客，一對山中富貴花。座裹吟懷揮妙墨，尊前飲興泛流霞。平生雅抱耽游賞，眼底風光景趣賒。

韞生携家集見過，不遇而返，詩以答之

儖儳行散出雲堆，客到山陰鼓棹回。案乞龍文光寶鼎，門題鳳字掩冰苔。搯泉應有愁松句，沽酒曾無□竹杯。此會暫虛連夜話，青騾不礙卜重來。

卷第四　絶句

蘆穄葉作枕

卷來蘆穄葉，省却綉鴛鴦。圓木無勞警，華胥夢正長。

濕　薪

雨裏晨炊逼，濕薪苦竈濡。何當適越國，採得焰光珠。

省　親

傭隙一歸省，曾無幾日期。臨行不忍拜，恐覺是違離。

省　墓

荒墓缺時展，披榛隻影孤。千行游子泪，辛苦灑平蕪。

贈榮陽道兄

入城緣賣藥，歸谷爲耕田。芒屩兼藤杖，逍遥畫裏仙。

蝶

既自鄰墻過，還從莊夢歸。若逢張進士，剪紙總能飛。

蟹

常説螯如戟，誰知殼比筐。燥中仍未已，不肯早輸芒。

偶　成

一壑一丘裏，悠然想古初。塵勞濁世上，唯有酒杯餘。

齋　中

貼壁安茶竈，依離架筆床。午餘臨帖罷，聽徹響松湯。

過盧千斤故居

昔日千斤力，今來一陌塵。誰知感慨者，猶有路旁人。

宮姬孤冢（在新城東南二十里，故明宫人姓褚，流落于此，死葬焉，有雙柳記之）①

故宫隨國破，遺蜕逐塵埋。冢畔游龍草，盤盤似鳳釵。

幼女冢

秋草墳頭緑，孤魂何處歸。吾家猶此住，且莫嘆無依。

雨後入社歸

風清林葉翠，雨潤麥苗肥。携篋論文去，懸籠帯鳥歸。

□□

敷簟清感暑，研硃静有香。寸陰誠可愛，莫負著書堂。

清明日示公式

歷年頻作□，掃墓竟無因。插柳插花意，欷歔對故人。

---

① “宫姬孤冢”《國朝畿輔詩傳》中作“宫姬冢”，且無後面括號内的説明文字。

和及佩韋

雖當遲暮期，不撫征西柳。奮髯望西風，浩歌空白首。

述　古

劉實隱牛衣，手繩口復誦。豈如貴介子，據几學木俑。

陳常晝躬耕，夜來猶賃書。不服辛苦役，將毋欲何如。

出　城

久不出東城，前林見落葉。蕭蕭空際飛，猶似春叢蝶。

寄孚尹

相違不百里，相隔忽三秋。何日驅車至，清談對酒篘。

舒　嘯

蝸廬方斗大，嘯傲有奇人。蕭散蓬茅裏，花開也是春。

咏　菊

紫綃雲霧服，脱挂在秋屏。青女玲瓏剪，纖纖碎作翎。

游蜂失故巢，釀蜜在籬落。和雨灑秋芳，染就千枝藥。

何處青童子，更衣侍故侯。紫羅裁小袖，妖冶作平頭。

卸却黄裙去，酣顔玉抹緋。宫中多少麗，真色讓楊妃。

燈　挂

三尺檠稱便，寒光几案盈。何如懸壁上，吾道日高明。

燈下起草，眼花感賦

倚馬才猶在，挑燈泪暗傷。平生飛動意，到此倍凄凉。

寒　冬

寒冬諸事閑，貧與懶相宜。不掃窗前雪，留冰入硯池。

冬日挂湘簾

冬日垂湘簾，不耐朔風冷。葛衣游洛時，想亦同此境。

觀瀾教授荒祠

書聲喧殿角，槐影罩檐牙。鎮日雙扉掩，沿墻放菜花。

偶　吟

減口聊增餉，添房爲閉門。自今塵壤事，概不到東軒。

壽陽村居

自愛烟霞僻，因逃市肆喧。更無車馬客，擾擾到柴門。

巷外柳

平生酷愛柳，晴雨總毵毵。巷口一攢緑，雙鬢日日酣。

軟紅箋

不用裁魚網，何須擣布頭。軟紅一片玉，心事寫三秋。

遇灌莪齋

雙扉常晝鍵，□□讀書家。□徑繽紛入，新開石竹花。

贈沈象□

春暖黄精□，□□□□□。□□雲入户，沸鼎有茶聲。

梁冉素□□□□

每遇看花會，□□□□□。□□□此住，等到放荷天。

至野牧□□

朔風衝百里，跨蹇到君家。恰喜新芻熟，清談剪燭花。

題木石居怪石

磊砢一奇石，玲瓏百竅通。自今誇縐透，羨殺米顛翁。

窗前斷石

袍笏堪稱丈，摩挲竟是兄。莫愁身破碎，猶有補天功。

哭亡子咸

苦樂兒難覺，悲歡我自知。從今無内顧，四海任吾之。

人日有感

依舊逢人日，難逢舊日人。春風憔悴眼，怕見柳條新。

題 硯 蓋

未拭磨烏玉，先看揭紫房。謝家箋九萬，一掃盡輝光。

别 元 甫

總饒連日晤，未盡十年心。倘有山中便，休忘寄好音。

撲蝶美人

小扇迎春旭，頻揮撲蝶窗。自憐寂寞影，應是恨成雙。

山　　行

茅屋小橋接，前溪對雙松。幽人時往來，路在千雲峰。

秋　日

一林黄葉下，蕭颯任秋衫。暮景叢愁緒，回頭望碧岩。

雪中沽酒未至

深齋一夜雪，晨起唤沽酒。青童去未歸，定阻前村口。

移　家

日暑行應倦，風炎道轉長。過期猶未至，幾度掃蒿床。

蝸　廬　咏

厨下有薪有米，胸中無事無憂。簡點山人門簿，從來不注王侯。

花　圃

花圃已消殘雪，柳窗初囀新鶯。策杖烟村曲巷，來參高尚先生。

瀛城逢五玉志感

舊日應劉尚在，于今詩酒非初。却思一尊林外，高話十年讀書。

寄山中諸友

一别青山幾許，久思素友如何。魂夢時時左右，不堪回首烟蘿。

贈　雷　林

槐下温經精舍，溪邊煮酒芳林。有興時時相訪，醉聽唤睡春禽。

過李顒若齋，酌探春花下

到舍酒偏如聖，垂簾花正疑神。醉裏不妨題句，閑中恰好探春。

偶　　咏

行樂無如訪友，清心莫過談禪。眼底紛紛塵務，只須放在一邊。

芸卷隨心是業，蒲團到處爲家。偶向青松林外，閑尋老衲吃茶。

鄭店阻雨

薄酒莫宵夜漏，春衣不耐朝寒。倚門鎮盼天霽，搔首空歌路難。

愁裏不遑懷古，客中忘却占年。聞説清明不遠，始看楊柳含烟。

擬借禪房作書室

寂寂略無鷄犬，疏疏粗有園林。既少妻孥累體，却多鍾磬清心。

山　中

掃地非因客至，推窗欲待雲來。静對丁香一樹，明春屈指花開。

春山偶興

緑霧迷離柏岫，紅雲滃勃花川。唤客隔溪啼鳥，送杯穿竹流泉。

游　西　寺

深院無僧説法，空庭有鳥參禪。却喜迴廊幽步，風來萬境寂然。

雨後步魏澹園韵

睡起自知神爽，雨餘頓覺凉生。纔呼緑竹爲友，更認白石作兄。

九　　日

何處登高載酒，空勞憶弟看雲。又是一年令節，秋思無限紛紛。

福　　泉①

城角福泉古寺，周遭一片秋蕪。墻外頻嘶牧馬，門前時走樵夫。

---

① “福泉”［乾隆］《獻縣志》作“福泉寺”。

諸子起晚

紅窗既無鷄唱，綠樹又少鶯啼。誰呼子慎驚應，一任莊周夢迷。

偶過興會寺

尋僧偏宜徑曲，入寺自覺身閑。繞座花香室内，穿林月色窗間。

對　月

南飛烏鵲何依，北向清流高卧。不看花影離離，且愛竹陰個個。

偶　題

閑水閑山便往，機心機事都休。但有茅庵可坐，那知紫閣紅樓。

秋日題興會寺壁

綠水小橋古寺，青畦短巷疏林。偶有清吟題壁，待携老友相尋。

山　居

羞彈馮子長鋏，懶擊王生唾壺。自對青山嘯傲，任他白到眉須。

贈　譽　之

跨蹇郡城烟路，栽花別業山塍。時有叩門元亮，來尋愛客王弘。

贈　平　之

纔向東園小憩，復來南嶺高歌。山鳥迎人欲語，似欣此日風和。

口　號

一枕黃粱初覺，半庭赤日方斜。起問故園山友，新收幾處桑麻。

卷第五　絶句

山家春樂

晴晝花開疊嶺紅，樂游婦子坐高峰。山家春酌無多物，水底芹芽間鹿葱。

覓繅娘

提筐執筥一秋忙，博得金蠶上簇黄。瓶米急需絲價换，倩人速爲覓繅娘。

同介侯往岩下

欲共登臨興正新，瘦驢短策踏莎茵。莫愁前去無知己，一路青山盡主人。

琳玉送秋菜志謝

白鹽赤米舊家風，秋盡無蔬匕箸空。野圃晚菘叨賜後，雞豚從此莫爭功。

送稽田旋南

襆被風塵影共依，無端别泪灑征衣。總然馬角長三尺，極目天涯何處歸。

公翰景陽携尊看杏花

暖日輕風柳影斜，春郊新放幾枝花。逢君白酒青莎地，爛醉東村一片霞。

畲　容　齋

今年作客近東皋，寂寞空厨乏小槽。除夜一尊來魏野，故人雅意比醇醪。

秋日蘆中人同參甫諸友游釜山，余未預，歸題其詩後

細雨寒花岸葛巾，峰頭詩酒墨香新。歸來莫怪山靈訝，却少春前題壁人。

春夜偶占步魏瞻淇韵

銀燭金尊眼倍青，夜深促膝話堪聽。蒼黄世事何勞問，幾個心知一草亭。

夏日田莊即事

纔爲尋僧遇北寺，又因采石到南溝。夕陽凉蔭重林裏，濯足山泉清淺流。

與公翰訂聚酒肆

蓴緑香浮湛碧波，幽人此地約頻過。興來不用糟床注，直把陶巾挂邵窩。

寄覺明上人

把臂雙林經幾秋，禪心空逐夢悠悠。霜天雁影知何許，坐對寒花憶舊游。

瓜　圃

蟬鳴高樹麥畦黄，瓜圃茅亭好納凉。從此園丁相認熟，北窗共話亂山蒼。

賦　懷

一杯到手萬緣空，十載論心此夜同。不惜乾坤留夢蝶，敢將毛羽付冥鴻。

夜中偶吟

荒鄉深院夜星稀，獨坐空窗挂草衣。幾度幽吟思不定，穿檐蠘螺繞庭飛。

酬雪蛟別口號

賣文歸去憶江鄉，南浦分襟別恨長。笭箵卧吟楊柳曲，薰風吹送岸花香。

偶　占

青鞋布襪久因循，潦倒緇塵自苦辛。遥憶故人芳草地，柳畦花埒醉車茵。

玉簪花

一種清芬苔似玉，千枝瘦細體成簪。青琴貪睡鬆雲鬢，墮却搔頭落小龕。

題袖石齋蓮池

一勺芙蕖碧映簾，幽人常此對牙籤。夕陽庭院頻過雨，迸起珠璣落月檐。

袖石中元日以蓮辨[1]作柬邀飲

素節丹霞雨意凉，詞人乘夜鬥壺觴。未逢月下三更賞，先領池中一瓣香。

哭次女

姊妹窗前學語時，捋鬚争誦老夫詩。一朝别去歸泉壤，孤冢寒原長玉芝。

省心上人鈔書

不獨禪宗見花雨，更能斑管擬錐沙。北堂多少鈔書客，争似清新智永家。

---

① 辨：當作“瓣”。

破 茶 器

缺口疑如月未盈，猶堪爐底沸松聲。興來供得盧仝碗，不羡當年折脚鐺。

開 罎 詩

一瓿珍重出家藏，開盞先教奠杜康。獨有公榮不可與，帳前弟子試親嘗。

偶釋堯夫語

天地氤氳一氣盈，水流花落不容情。欲知世界原無事，便道生薑樹上生。

春日遇魏莊訪元吉山房不遇

洞口桃花正及春，漁郎歸棹不沾塵。仙童報道尋芝去，艤柁留詩問隱淪。

偶 興

書籤藥裹小窗低，當徑蓬蒿手自犁。栽得新花恰欲灌，一番微雨過前溪。

雨中獨坐用蘇韵

村外平蕪好鹿場，一川烟雨送微茫。畫工欲寫雲溪意，老樹茅庵坐夕凉。

仝几青主人看南岩小瀑布，用李白看瀑韵

暑雨溟濛萬壑烟，衝泥張蓋過前川。山腰雪浪噴千尺，也似飛流落九天。

半石村平地一峰矗起，松柏如髯，上構大士庵，亦奇觀也

平沙壁立小巃嵸，秀骨棱棱萬木叢。應是秦鞭驅不動，獨留一柱鎮虛空。

市得素瓷盞，最愛之，遂與訂約

子美編中見素瓷，持螯泛蟻恰相宜。從今珍重須成約，一次開樽一首詩。

題　　蕉

寸魚竿竹自清疏，午枕風輕倦眼舒。握卷看雲閑得句，芭

蕉葉上幾行書。

摇扇空庭汗未收，北窗雲影黯紗幮。階前忽送芭蕉雨，已透疏櫺幾點秋。

張顛犯夜

枌榆社散晚風清，带酒騷人惱夜兵。却怪瀛城寬似海，不能容個醉顛行。

偶　吟

閑攤鳳尾臨王帖，自拂虬鬚賦杜詩。雲去鳥來凡幾度，小窗吟卧少人知。

訪元甫田莊，值入市未回

步襪行來近午天，借君草榻暫酣眠。不須呼黍邀元直，自起周看種秫田。

久不到山居即事

壘石爲垣樹作屏，疏林幾點透天青。山房久鎖生新笋，穿榻横窗出網櫺。

同霞舉到雙峰寺洗殘碣，始知此寺爲金奉禪院

古樹頽墻已過秋，偶偕山友入林游。殘碑洗拂詢前代，禪院依稀半字留。

山中整屋，時竹穿墻成林矣

鄰家竿竹過墻來，透砌穿檐豈待栽。略整茅齋看緑潤，此君端不羡樓臺。

贈李玉涵

皂帽青鞋瀛海東，逍遥初見李淳風。茗杯話盡平生事，拄頬寒檐夕照紅。

偶　占

侈情窮大欲何歸，四望茫然計總違。佛面瘦時休再益，消除背胛是知機。

憶張補過先生

雲雷今日始經綸，却少先生一快陳。廡下雪深垂泪語，幾回重憶更沾巾。

夏日題壁

一壁斜陽駐景紅，常開北户納凉風。書聲窗外茶聲細，獨坐虚堂憶筆筒。

戲呼茶竈暖酒

烏薪土竈一圍紅，緑醑偏提響竹風。非是劉伶欺陸羽，惠泉不及酒泉功。

蘇君實

蘇耽何意世塵中，物外襟期自不同。書槐藥囊高柳下，蕭然時拂釣臺風。

題烟林歸牧圖

烟林牧罷雨絲絲，戴笠歸來恨步遲。跨上青牛花裏去，渾忘短笛逐風吹。

挽徵君孫夫子

一世清霜徹骨清，兩朝輪幣九州名。少微星暗江河泪，惨淡人寰罷杵聲。

九日與苾蒭飲

不上高山愛酒僧，紫萸盞映白雲層。人生除醉更何事，潦倒霜階支瘦藤。

江　頭

江頭終日伴鷗眠，漫捲絲綸待曉天。半夜蘆花驚浪沸，滿船風起月輪圓。

移家中水城

中水城中作隱居，借牛載得一床書。紙窗木榻堪高卧，總有深山恐不如。

闊領山衣屢典不售

無錢呼取典山衣，幾次相將未售歸。不是質家嫌百結，先生制度與時違。

連日花避老翁不肯相近，自以手刺向左園探得幾枝，案頭遂成爛熳

最憐寂寞白頭老，花柳雖多那見親。手刺徵來香艷種，一

時冷舍頓生春。

郎山圃趣

一朶郎峰生紫烟，小亭長日枕鋤眠。葡萄味美秋成後，不數何曾十萬錢。

埏山口占

萬壘青峰兩袂飄，等閑揮手謝塵囂。向平婚嫁歸來晚，誤却山頭種藥苗。

柬愛竹軒

一到高齋興便清，琴床詩格任從横。瀛城無數焚枯會，大半標題愛竹名。

方　勝

一片香箋叠四方，述懷錦字在中藏。天邊欲寄憑南雁，不借崔家小女郎。

偶　感

安身何用築華居，竹檻蓮池轉眼虛。不似蝸廬長久在，上①墻依舊卧琴書。

齋　中

放下蒲團便是家，半籬掌大也栽花。清秋古巷無來往，黄卷婆娑對緑葩。

步韓廣文白秋丁香賦

相思曾記鬥春妍，何事清芬素節前。自是生嫌丹桂俗，瑶姿獨逞玉堂鮮。

樂壽唐天和于城南禪林旁賣酒，余與劉隱君嘗過飲，一杯輒醺，遂相約爲十錢會，每游便可一醉，頗省杖頭之九，隨時法也，一絶紀之

何須遠上酒家樓，肆旁禪林境儘幽。扶老燒春容易醉，百錢分作十回游。

---

① 上：疑作“土”。

劉隱君得魚，沽白酒夜話

不須吹火向蘆花，厨下烹鮮興更嘉。白酒青燈一夜話，尋常風味勝仙家。

允升許贈余菊花一本，久未取栽，詩以示之

久慣凌霜我與君，等閑未得共斜曛。相憐不必相偎傍，兩地丰標一樣芬。

寄示宋符九

滹沱河畔結瓜廬，歲費租錢計尚疏。但得一椽成永業，終年閉户著奇書。

偶　興

常思賣藥酬鹽價，却遇題詩抵酒錢。堤口黄公時見待，呼朋猶欲瓮頭眠。

飲十錢社，步允升韵，題壚頭壁上[①]

一觴一咏一閑身，桑海年來閱歷頻。剩得老夫薑桂意，隨場浪作醉中人。

築暄臺

典衣買得墻東地，且可迎陽向暖天。若待詰貲王録事，幾時結果草堂緣。

偶咏

風土終朝滿硯池，欲書下筆少清思。不如禿帚石階上，隨手槎枒掃數枝。

寄嵩高

春雲流雨漲江沙，幾處漁舟傍落霞。樵担輕挑思唤渡，晚風立盡夕陽斜。

---

① 《國朝畿輔詩傳》中詩題作《飲十錢社，步允升韵》。

過意意居，看瓶插丁香，不覺困卧，起乃步其韵

閩説芳菲連日歇，膽瓶折取簇香清。無端一枕支頤卧，始覺繁華夢裏輕。

藥　王　山

跨虎升騰湖岸芳，千秋山借藥稱王。空聞一粒傳鄒舉，不見容顏伴石蒼。

閣山陳涉祠

樓閣重重凌紫烟，楚王至此尚明禋。可憐燕雀蓬蒿下，那曉鴻飛不紀年。

夏日看麥，過張房村，飲立軒

桑柘陰濃麥正黄，乘閑跨蹇過張房。逢君載酒因成醉，田舍淋漓墨幾行。

雨　　後

雨後貪凉出屋遲，榻齊書帙壁粘詩。坐來又覺添閑事，自趁天晴晒鹿皮。

城　中

崎嶇廢巷半山居，繞到城坳徑里餘。最愛墻頭秋雨後，茸茸細草似春初。

破衣架

雙脚無趺傍廢墻，多年不挂綉羅裳。莫嫌此際風光少，當日曾陪新嫁娘。

贈蕭和陽

一徑蓬蒿半畝居，短垣雲度總蕭疏。逢君青眼開塵槴，細閱中郎枕内書。

見故鄉流户有感

産業凋殘客異鄉，一家老稚漫凄惶。于今故國爲滄海，雁落沙飛自主張。

九日同純冶、觀瀾步至龍灣，菊未開，歸憩南閣

翳然林木閣門前，已覺塵中此地偏。啖棗吃茶僧對話，無煩更繞菊花邊。

送劉使君北上

兩載忘形下釣磯，仙舟一旦忽分違。勸君更進一杯酒，北入長安無布衣。

雅集齋餉菘

荒畦殊愧彦倫莊，也得秋菘供晚香。自是良朋珍意美，清蔬直接韭芽長。

冬日市插菊瓶

莊家不買隔秋貨，冬日却收插菊瓶。多事陶潜先注酒，一年醉裹待花馨。

冬　　齋

犬因凍卧宵常起，鷄爲寒栖早不鳴。世外一家渾市住，被窩閑閲賣漿聲。

冬夜冷宿蝸廬口號

自恃酒魔能禦凍，敢來冰窖强安身。夜深酒醒風威緊，始信蘇卿是鐵人。

蝸廬養一瘦蹇，水草不充，每遇出門，小僕以糠飼之，戲占

餧腹長牙卧土槽，年年水草不酬勞。朝來小僕開糠簏，知是吟詩過北皋。

飲雅集齋（用撥不倒偶人勸酒，其人戴一假面置盆中，用手拈之，旋轉既定，去假面，以真面所向者飲。戲咏二絶）

團團盤裏醉金仙，紫袖生風不定旋。假面抛時真面見，始知含笑阿誰邊。

萬轉千迴不倒身，只緣認定意中人。一杯滿泛休辭醉，青眼看伊正值春。

清明次日，雨後郊外看杏花，薄暮插花醉歸

清明雨後草萋萋，結伴尋芳約束齊。城外杏花何處好，游人屈指數唐堤。

苜蓿青畦鋪坐氈，團團圍向杏花天。花神也愛游人醉，鼓點觴飛不肯偏。

酒散還知興有餘，前坡紅紫艷方舒。乘酣馬上折盈把，一道霞光入草廬。

白頭不惜鬢簪花，壓帽枝同醉態斜。聯轡短歌城市裏，兒童拍手任喧嘩。

漳滏別業草廬旁又構半厦

一灣春水抱茅廬，可是清幽處士居。又結半間安土竈，客來煮酒更烹魚。

爲子留書箋

研光未可尋常試，懸腕曾無定武奇。不顧東施形貌陋，强隨西子也顰眉。

示　酒　家

黄公今係舊相知，貰酒爐頭不用疑。自此兒童任意取，壺邊但認五公詩。

鼠　　患

不游厠下不臨倉，窺案嚙衣潛上床。欲覓烏圓何處有，操刀空自憶張湯。

入　夏

入夏污邪麥滿倉，閉門餺飥飽來狂。窗前多少浮雲過，一把偏提挂半墻。

珍涵餉貓

紅吒撥來鼠暗驚，多君相餉主人情。不須剪紙投江水，未向金山道上行。

題水墨牡丹

淡痕疏影足芳姿，朗月清風自有時。姚魏人間何必問，生春從不買胭脂。

田舍即事

十畝田園半有秋，摘綿拾棗大堤頭。西郊雨過青芻潤，斜倚柴扉看牧牛。

中水城懷古

魯公霸業空千載，争賞猶傳中水侯。廢壘荒丘何處是，□陰禾黍古原秋。（爲吕馬童封邑）

水莊小酌

雨餘禾黍遠風涼，尊酒清吟坐水莊。兩岸秋畦千段緑，田家景物晚來香。

入山留謝諸友

不是仙家不是僧，游行惟仗一枯藤。世間塵事休相訪，身在雲烟幾百層。

與香山話淮鎮學圃之樂

霜露秋畦百頃清，勝如山下掘黃精。便思抱瓮漳河畔，結個蘇翁作弟兄。

冷臥齋

不爐不竈一書床，竹簟氈團并作凉。長此經冬兼歷夏，不須半點火星香。

麻鞋底穿

雙足麻鞋纔兩年，無端朽底忽成穿。始知東郭先生趾，最苦徑行積雪邊。

入山贈旅宿主人

三百里程一望春，青山萬疊不沾塵。瘦驢欲到深深處，沿路新詩結主人。

自山回宋廣文齋頭，同符九小飲

逢人已結入山盟，白石青松分外清。莫怪隨場能便醉，此身差覺往來輕。

偶　感

春來萬木綠芳齊，多少游人聽鳥啼。可惜城南紅杏發，無人載酒上唐堤。

芝香齋石竹花盛開

草頭萬蝶落成群，疑是窗前鋪彩雲。夏日已無桃李片，如何猶點綠羅裙。

贈燦然讀書

茸茸花木四窗晴，終日樓前聽曉鶯。室至開門何所見，錦屏風裏讀書聲。

示壽伯畫意[①]

一曲春流抱竹叢，數間瓦屋石橋通。四圍盡是青山繞，西北高雲罩五公。

八月十五沽飲廊下口占

連日昏昏坐市廛，無緣對酌岸綸巾。今宵沽醉凉蟾下，喜占中秋第一旬。

重過唐公酒壚有感

曾同稽阮醉壚頭，零落無人問舊游。壁上詩題磨滅盡，不堪支杖野雲秋。

村 居 即 事

入市歸來三里餘，長堤如帯樹扶疏。瘦驢似解幽人意，踏踏徐行看網魚。

---

① 《國朝畿輔詩傳》中詩題作“示壽伯”。

哭孔公襄柩過獻陵

旅櫬風飄似斷霞，那知此地故人家。望廛[1]幾點哭君泪，猶當生前剪燭花。

過野馬村問彌卓萬、崔瓅公不遇

瘦蹇馮馮過野村，爲尋二仲一登門。誰知松下無童子，空踏深雲抱午暄。

候李廣寧

慨想深山有棘人，過門未得一相親。重來細話漁樵理，雷水郎烟近作鄰。

述懷示同志諸友

女嫁男婚心覺閑，鹿車魚艇任痴頑。天留老脚無關係，不在田間便水間。

---

① “廛”［乾隆］《獻縣志》作“城”。

偶　　咏

三竿睡足每酣餘，淡飯粗衣意自如。除却弄孫無別事，壺中有酒手中書。

肇州具酌，書以示之

老況尋朋話隱淪，只愁匕箸累貧人。從今約定清修課，盂飯盤羹過往頻。

看　秋　耕

麥苗噴緑正迎霜，黃犢新翻隴土香。不待來春播種日，農家預計一年粮。

彤廷齋嘗新釀竟醉

新篘入盞正清香，矮坐茅庵燭焰光。小酌陶然成一醉，封侯不意在仙鄉。

齋　　中

麻鞋草坐暫行藏，消却人間百種忙。旭日滿窗閑打坐，兒童讀遍問樵章。

苦　寒

圍爐向火薪偏少，對日迎暄風又多。只是貧人生計左，聳肩抱膝坐雲窩。

冬月劉季箴賫錢爲予贖羊裘

裘敝曾披五月天，隆寒却挂酒壚邊。青蚨換出三冬暖，不怕灘頭雪夜眠。

觀劇偶成

偶看演劇戲場開，翠袖紅裙舞一回。曲罷又聞簫鼓響，誰家傀儡上場來。

上元後一日喬明府邀登北閣，因看舊題，仍前韵

長晝使君開暇賞，携朋載酒共春游。重來小閣題詩處，猶憶昔年野菊秋。

吴星潭教授于鄉

閑去田間卧草廬，二三弟子共居諸。此中未必無經濟，風雨鷄鳴好讀書。

偶　吟

良藥尋來手自和，閑中服餌坐烟蘿。莫籌囷米盈虛數，春入深山草木多。

既不折腰營五斗，將何引領過三春。蕨拳報道新穿土，荷鍤青山伴野人。

符九爲余覓老圃

多君灌藝復高情，覓得園夫近老成。從此爲農爾我便，麥畦瓜壟足平生。

整　屋

破屋吹塵便可居，先安一簏放圖書。日長柳絮紛飛候，閑喚兒童捉蠹魚。

二聖庵穿井

六塵煩苦何由洗，禪宇初開聖水泉。日日汲來添石鉢，菜畦花埒總新鮮。

村居諸同人餉食

果菜紛來似餉僧，蒲團持咒愧無曾。思量便作出家計，只恐因緣了不勝。

田間漫興

荷鋤握卷是生涯，半畝蔬前小徑斜。官插柳條成八陣，兒童笑指武侯沙。

入城十里日初曛，噪冷昏鴉處處聞。最愛堤旁村樹晚，亂烟層叠似濃雲。

有約彤廷、季箴至，滿院蓬蒿，并無一徑，書此志之

仲蔚幽居遍草萊，猶留一徑踏蒼苔。于今荒穢全無路，客至蓬門何處開。

飢　　咏

安得仙人盧子基，飛龍丸藥暫充飢。浮生不用千年計，只願捱遲麥熟時。

田　舍

兩頃磽田一半荒，佃賓零落舍凄凉。閑來獲麥推窗坐，恰有蓬蒿四壁蒼。

小莊即事

污邪刈畢復甌窶，盡力耕耘苦未休。粗有草庵供醉卧，不曾料理種花溝。

小　齋

一屋東西兩牖開，朝暾夕照鎮皚皚。先生無事中間坐，日日光明藏裏來。

灌秝齋見菊

向來眼界塵埋盡，一到蕭齋分外幽。簾隙疏籬寒影瘦，菊花初綻數枝秋。

寄魏滄園

一春心事亂如絲，入市還山總未宜。小事于君更疏懶，不曾和得玉簪詩。

咏　史

岐陽山下女桑春，誰料荆州枉問津。自設杯盤留客醉，不將野意使官人。

挽鄭蘇公

江湖流落思無窮，故國烟銷志士空。自召青蠅成吊後，人間殊少鄭蘇公。

偶　咏

爲避風波鎮閉門，安心不説舊朝恩。無端夢起蘭根土，自取青衫拭泪痕。

夏日寄繪升

久少松花問起居，新編定日坐扶疏。山中幾卷吟嵐草，欲借精毫作楷書。

齋　中

紫茄白莧蔡樽家，一室琴尊對五車。門外升沉①都不問，年來心事寄南華。

雨　後

平疇初匯半川水，遠岸新添一部蛙。霽日繞園堪細履，老農深喜看耘瓜。

持　螯

爾雅熟來物理精，蟛蜞豈得浪稱名。捧杯對酒諳佳味，公子何曾敢橫行。

入　山

一路巉岩携伴登，芒鞋踏入日②雲層。深松古洞堪高卧，昨日詩人今日僧。

---

① “沉”《國朝畿輔詩傳》中作“沈”。

② “日”伊祁山摩崖石刻作“白”。

下　山

倍日看松友鹿麋，歸來猶带半峰雲。草窗竹榻酣眠裏，猿鶴依然夢作群。

山　行

荒村古廟多雙樹，險路深溝有獨橋。尋洞幾回騎馬過，柿園墻外摘紅椒。

唐縣葛洪山非葛稚川故迹也。唐水之東有洪城，酈道元《水經注》亦載滱水東流入洪山，則洪山之名已久。金大定間道士劉得仁僞以洪因葛洪得名，遂造宫塑像惑鄉人，訖無知者。九水趙受繩處士詩序言其詳，因書一絶志之

洪山萬古峙唐封，翠巘丹梯映舊墉。何事無知劉道士，浪傳抱朴溷高峰。

下清虚觀題壁

三十年來少此行，馬蹄今始踏崢嶸。山靈似解幽人意，霧髻烟鬟一路迎。

山上和劉静修先生韵

名山常是晚年游，皓首青峰對素秋。却憶題詩劉贊善，至今絶頂姓名留。

山中久住，同鄧公遴先回遂城，李廣寧獨留，臨行有句相送，步韵答之

攀崖造頂幾回游，匹馬先歸咏四愁。猶恐溪山收不盡，留君荷筆訪丹丘。

廣寧下山市書回

百里歸途草樹芳，細雨入橐重山裝。世人争道黄金貴，豈解經綸在錦囊。

鷄之鬥，以争食也。食之争，人調之也。不受人調則不争，不争則不鬥矣。鷄其得老氏自全之術而保其天者乎！爲賦一絶

枯草奔飛性自良，因貪一粒便顛狂。從今不受人調弄，飲啄隨心在布囊。

偶　咏

過却重陽看菊花，幾枝疏影亂欹斜。霜英霜葉何須問，且喜陶潛是一家。

香　橼　詩（香橼一果，惟《字彙》載云：果名，似橘，其皮可作粽。考之平子《南都》、太冲《吴都》，并無此字。按《吴都》有梂榴禦霜之語，注：梂，梂子樹也。其實似梨，冬熟，味酸。梂音市瞻切，即橼字也。今香橼形味俱同，音亦不異，想即此物耶。小句記之，以俟知音）

的的金丸比景來，餘酸芬馥帶香胎。太冲博物收梂樹，却并霜榴充賦材。

題寤言序

勞勞塵事漫思休，未必真如在静求。若使逃名能度世，蒲團壓破萬山頭。

看菊晚歸漳湑

千林黄葉看花歸，一蹇斜陽走似飛。曲徑暮烟何處去，渡頭深樹隔柴扉。

觀瀾書舍

一室蕭然似老僧，阿難破戒并無曾。縹緗幾卷供吟賞，半夜鐘聲五夜燈。

方　士

洞口石床傍曲松，隔溪常聽曉山鐘。大東地主愁天旱，手握壺盧去賣龍。

冬日咏

濕柴充竈偏無焰，苦水煎茶亦減香。半片羊毛長抱膝，惟看初日上東墻。

偶　題

世上幾多温飽誤，天開飢饉顯高人。餐松茹柏從來慣，不與繁華强作親。

嚴冬典裘市書

到手名編肯放寬，架頭得此勝加餐。隆冬典却羊裘去，乘興何妨對雪看。

挽崔魯望

聞道山村不巷歌，達人數盡欲如何。遥空未及椒漿奠，丹荔黄蕉雨泪多。

除夕

年年歲事忙于火，直到今宵苦未休。何似舒眉燈燭下，翩然共醉酒爐頭。

山思

萬樹花開正值春，青山鋪錦待歸人。扶笻着得芒鞋去，回首紛紛別世塵。

殘花

一枝憔悴傍墻頭，灺瓣經風散不收。落在綉茵猶可愛，無人重上看花樓。

偶吟

彩箋寄到求碑稿，白酒銜餘問雁天。自取床頭莊老卷，隨心檢點《馬蹄》篇。

雷林酒得一樽，却思與共酌，詩以招之

翠濤香泛瓮初開，隨手偏提滿借來。却想與君成共醉，葛巾濕着快銜杯。

同九如、天波二山人晚坐智峰上人丈室

萬緣斷處是禪床，晚步同來對佛光。一自鉗椎清響發，心如皎月洗寒霜。

醉後跨驢回舍口號

當階瑞雪正霏微，緑酒紅燈未掩扉。醉裹渾忘天地闊，龍鍾驢背倒馱歸。

題 墨 蘭

一徑蕭蕭結盍簪，何人遺墨到幽龕。興懷谷畔根無土，酷憶當時鄭所南。

過函白齋賦贈

蕭條門巷舊家風，客至琴尊俗慮空。漫道城中無太古，居然坐對夏黄公。

偶興示魏瀸園

六十餘年黯淡過，空提彩筆閱山河。關心老友貧難捨，共纂奇文作放歌。

題李廣寧庭壁

掃徑每逢千里客，登樓自有五車書。閑中雲物皆清賞，天半遥光映素裾。

槐陰醵飲

小具槐陰坐日斜，玉舟酒盡客群嘩。席邊正有黄公在，呼取銀瓶到汝家。

哭亡子咸（王咸，字子受，新城西馬頭村小陽社人。生山中，十四歲夭于河間城中。平生俊爽，能吟詩讀古文，不願居下。即余次男，爲先兄翼之嗣者。不幸早折，心誠慟之，埋石以志其處①）

膝下歡②顔十四年，囊詩猶貯隱山篇。童烏七歲参玄③理，

---

① 《國朝畿輔詩傳》中詩題没有後面括號裹的説明文字。

② “歡”《國朝畿輔詩傳》中作“承”。

③ “玄”《國朝畿輔詩傳》中作“元”。

未肯楊家一類傳。

入門滿眼總成悲，遺佩殘纓尚陸離。事事爲兒收拾好，似兒猶有再來時。

遇元甫

舊社凋零不可聞，百年蘭臭尚推君。掃除一片青山地，留待扶筇共較文。

瀛海郡城西門外五里許有小莊，居民數家，土垣疏柳，跨上谷東來孔道。庚戌夏，余携亡兒咸，騎兩馬，带一書囊，自上谷入瀛郡，路經于此，憩樹下，汲水承風，暫避炎暑，亦不暇問此地爲何村也。不逾歲而咸兒殤。余每西行，重經此村，畫然增感。追想當時駐馬攀枝、披襟揮汗之景，依依如昨，而存亡頓異。一向冥心物外，期汗漫之游，不至此幾不知情缘之能累人矣。徘徊顧望，因訊居人，始知爲朱家莊也。援筆志之，以存感慨

清明烟柳碧如絲，幾度傷心聽馬嘶。村井陌塵仍去路，不堪回憶納凉時。

口占贈慶雲胡聖與十歲工草書①

曾道英才推謝尚，還看奇穎邁崔駰。鼠鬚迅掃冰蠶滑，不數鵝池妙入神。

郝參甫齋前紅紫爛然，看花回，戲柬索折之

高軒嘉樹萬紅稠，過眼看來興未休。非敢折枝驕長者，願分春色到齋頭。

王五修齋頭有菊一株，群花覆之，芟除始見

不耐繁華不是奇，能于薈蔚育貞姿。饒他格蔓争虧蔽，到底終輸冷艷枝。

題郁華書齋

秉燭驅蟫摹緑字，開醅集客話青山。小窗滴露分經罷，更和新題雉子斑。

---

① 《慶雲縣志》卷三録有此詩，署名爲“獻縣王餘佑五公山人”。

同繩武訪光岵不遇

一路林限雨過清，幽人于野閉柴荆。欲留後約題僧壁，又恐苔痕澀姓名。

有　感

一壺濁酒閉門時，不用山中看奕棋。野寺閑僧都是險，床頭老子竈頭詩。

叠却長衫挂短裄，客來不用出門迎。猶防窗外聽經去，低説春秋擯楚名。

雙峰東岩下諸友

宴坐山坳製蘀冠，擬書蕉葉問嚴灘。茅亭無事堪相報，鄰笋新過四五竿。

同海翁過慕齋不遇，題壁

蕭蕭落葉滿階除，繫蹇西風訪遂初。松下白雲迷去所，披芸翻遍架頭書。

田莊小步

半灣流碧數峰青，野寺紅黄倚畫屏。一綫樵踪穿水過，石梁點點布寒星。

偶　醉

鄰竹森森隔短墻，興來沽酒醉斜陽。時人不解山中樂，笑説白頭老更狂。

葛山土室（田見之讀書處）

一拳低拄白雲根，説劍談經遠世喧。莫怪袁閎耽寂卧，千秋高調在丘園。

游水月庵

駊騀衆峰圍古寺，扶笻偕侶看碑來。擬留爽氣前山麓，芒屩周遭踏碧苔。

别肯祥及諸山人

一春雨足漲新漪，正是南園種韭期。却笑咿唔諸弟子，閑牽驢背出笆籬。

先君平生喜飲，每對酒輒吟“一滴安能到九泉”之句。今下世已久，朔望日，家人供酒一卮作奠。因想生前語，不覺愴然泣下。總酒百斛，安得地下一沾唇耶？賦此志懷

曾將罍斝供生前，劉畢風流興宛然。誰料九京歸去後，竟難滴酒覓重泉。

移　居

有約相從便卜居，借君土室即吾廬。琴書放妥無餘事，賣藥談經鎮自如。

得子石明卿書問

仰屋蕭然讀道經，寒花幾點映疏欞。滄江耆舊通書問，猶説當年倚馬銘。

偶題魏澹園扇

一卷時來開睡目，百憂不許到閑心。東園苔徑多垂柳，日日枝頭聽好音。

九月十四日始栽菊，呈李顒若

惆悵東籬客夢賒，重陽已過覓秋葩。幽人莫怪尋芳晚，天意偏榮後山花。

即事柬王五修

飯餘翻得一編殘，不見無功聚搴冠。荒砌自吟還自笑，黄花空照孟郊寒。

出　　獵

枯草平沙四野空，將軍獵騎驟長風。今朝狐兔愁遺種，繞樹旗翻落照紅。

一竿初日捧朱輪，獵馬駸駸滚沸塵。寄語前村多置酒，半酣齊看射雕人。

訪九如山人

望外烟叢一點村，幽人此際樂丘園。相逢欲問詩多少，孤樹微風带槿原。

元吉卜築雷溪

不須人送買山錢，已辦雷溪半畝廛。茅屋數間新築就，也堪飽卧翠郎烟。

旱後苦雨

一雨連朝未肯晴，濕薪沈竈緑苔生。纔愁旱魃旋河伯，那日眉頭放得平。

東坡荒歲過湯陰，始見豌豆大麥粥，作詩示三兒子，想他處尚無此物，作詩亦念艱食之意也。余戊申山中秋淋阻水，人家多絶糧，有者尚食麥粥，較之湯陰猶爲幸矣

淋雨人家幾斷炊，釜中麥飯尚支持。湯陰豌豆吟艱食，較着滹沱更苦思。

讀《靖難記》偶咏

濟南勁旅高張許，扼要中原南北分。鐵相當年真鼎石，可憐不聽宋參軍。

夏日偶賦

寂寞茅亭夏日長，晚風送雨透窗凉。頻尋餐草充飢法，未了求仙避世方。

賈氏山莊

枌榆社散未斜陽，小步來尋招隱莊。細雨恰宜留客醉，催肥梅子照杯黄。

贈張道士出山

卧暖白雲舊石廬，等閑扶杖出山居。時人莫笑衣冠野，袖有雙峰處士書。

張石公持水墨畫扇索題，即書之

水平山遠樹扶疏，幾點茅茨隱士居。安得小船裝我去，大湖南北伴樵漁。

讀王偉元傳

梟帥東關愎諫多，忠良非命竟如何。孝思遺恨真千古，不但當時廢《蓼莪》。

莫厭青雲生計貧，隱居教授亦經綸。養成一代詩書澤，弟子何曾説晋人。

印唐齋頭

誰能生計付樵漁，一徑蕭蕭似隱居。數點寒花秋色裏，連宵快讀古人書。

附：《四庫全書總目》提要

《五公山人集》十四卷（直隸總督采進本）

國朝王餘佑撰。餘佑本姓宓，先世爲王氏，後因不復改，字申之，一字介祺，直隸新城人。明末避亂易州五公山，因號五公山人。後流寓獻縣，子孫遂爲獻縣人。餘佑在前明爲諸生，受知于桐城左光斗，故喜談氣節。其學則出自容城孫奇逢、定興杜越，以砥礪品行，講求經濟爲主，故立身孤介刻苦，有古獨行之風；然恒以談兵説劍爲事，又精于技擊，喜通任俠，不甚循儒者繩墨。其詩文亦皆不入格，考證尤疏。如謂西洋呼“月”爲“老瓦”，杜詩“莫笑田家老瓦盆”，即月盆也，如月琴、月臺之類取其形似。按歐邏巴人，至明萬曆間，利瑪竇始入中國，杜甫何自識其譯語？又謂古詩“爲樂當及時，焉能待來滋”，“滋”爲草名，又名“繁縷”，易于滋長，即藤也。按古詩本作“來兹”，字本《吕氏春秋》，“今兹”“來兹”，猶“今年”“明年”，高誘註甚明。餘佑殆見誤本古詩，“兹”字加水，因生曲説。又題《瀏水亭印藪》，稱本《説文正譌》《玉篇》諸書，周伯琦《六書正譌》，論雖偏僻，猶是篆體，顧野王、孫强之《玉篇》則全是隸書，何與摹印之事，亦太不詳檢矣。

甲申詩集

五 言 古

馴 雀 咏 (有序)

祁署有二鵲，時來近人，童子輒以粒食之，依依無惧色。忽一日爲小婢所得，仍放去，此後再不復近人矣。嗟乎，山梁色舉，海畔鷩飛，網不可以再罹，心不可以常忖，物固有然，人亦宜爾，彼有知進而不知退，機已發而惘然莫避者，對此可以稍思矣。感而賦之，聊以動識機之戒云。

有鳥來翩翩，親人了不悸。階除弄羽毛，呼之立可至。彼此兩無猜，豈復謀趋避。誰料事難知，小婢食爲餌。雖非妒害心，此意豈堪二。翻然凌青霄，紛紛徒思議。結巢枌榆巔，果腹自鼓翅。無患復無争，弋人何所施？見機貴及早，山梁增嘆喟。海鷗忽群翔，達人引其類。涉世豈無方，此鳥可爲譬。

晋十一忠八義

余小子入晋，未能得交其地之大賢高士，聞見蓋寡，頃閲邸報，見按台黄公疏列先臣殉難者若而人。余觀其行事，若真忠義者，又豈敢以聞見未真没諸公烈氣哉。著爲詩歌以見吾景行夙志云，其有真忠義而爲余所未悉者闕之，以俟余采訪傳之，不敢謂已盡于此也。

蔡公懋德，公昆山縣人，巡撫山西，逆闖渡河，知事不濟，自縊身死

生無爲，死已足，使天下之人盡如公，何爲纍纍若若而爲賊驅辱。

趙公建極，公永寧縣人，山西布政，抗節罵賊，碎首刃下

與其瓦全，寧爲玉碎，刃加于頸，其心不二。呼呼可泣。

藺公剛，中陵縣人，山西督粮道，矢志守城，城破，從容就義而死

城之不守豈予辜，身之不生我何負。嗟呼哉，碧血凝土。

毛公文炳，鄭州人，山西守寧道，捐身殉國，鼎鑊不避

惟知有國，焉知有身。國事去矣，身將何存。烈烈忠赤，在守寧之人。

畢公拱辰，公掖縣人，山西巡寧道，壯志吞賊，殺身報國

嗚呼畢公，與毛公志同而節同，萬古之下想二公之忠。

王公胤懋，公霸州人，山西寧武道，竭力守城，炮盡城破，被難而没

是時神京已聞風，戰士無鬥志，而公苦苦守土而効其力，智不周身，節貫天地。

孫公康周，公安丘縣人，太原知府，城上炮擊，傷賊至多，城破被難

孤城死門，誰其云救。嗚呼，如此忠赤而天不佑，城破被戮，此心無咎，使天下萬世人知逆闖入晋，而太原重鎮未嘗束手。

李公之清，公廬陵縣人，太原同知，分信调度，城陷身死

孫公效忠，李公不二，何忠鯁之并驅而不能成事，至今春草罷緑。

吴公鎔，公貴州人，中路同知，竭力堵賊，城破被戮

吴公天下士，不肯庸庸碌碌而偷生苟視，并州千里土，如中路者幾?

房公之屏，公大興縣人，安邑知縣，從容就義，投井身死

爲國守土，大勢不支，隻身何所?嗚呼，一井水，房公死處。

周公遇吉，公遼東人，寧武督都，日夜血戰，殺賊逾萬，矢石已窮，被礫而死

嗚呼，周公奇男子，不血戰城頭戰城外。志欲吞賊，賊已挫鋭。戰士飲血，天地變色。嗚呼，矢石窮，身被礫，于今寧武一戰，談者眥裂，張睢陽再世。

葛公凝秀，公平定州人，原任户部郎中，家居，聞賊破京師，北望四拜，自縊身死

大運不可挽，大義在林泉。北望泣聖明，臣心烈火燃。誰適使至此，低回空自咽。身随國祚没，名與日月懸。揮泪端拜去，魂逐暮雲綿。千秋青史上，哀嘆感遺賢。

楊公進，蒲州人，原任保定撫臣，家居，被賊炮烙非刑，

叫駡益烈而死

我非偷生者，炮烙亦何爲？臣頸諒可斷，臣心豈肯虧。蕭蕭白草風，矯矯貞松姿。萬事良已矣，切齒從逆兒。誓不復視息，長往亦奚疑？

韓公于宣，蒲州人，原任雲南知府，家居，賊至州，同妻薛投繯而盡

君臣夙所重，夫婦誼匪輕。貞魂一朝斷，義烈與天傾。龍髯不可攀，雲日照忠精。萬載墳頭土，應生連理莖。

王公征俊，陽城人，原任寧前道，被賊禁獄，闔縣士民以其居鄉多德，泣求保出，至家，從容投繯而死

生抱歲寒節，屈折肯相從？凛凛志懷霜，鼎鑊自春容。嗟哉尚德人，涕泣全所宗。誰知名義重，不稍挫英鋒。投繯一天畢，芳徽銘景鐘。

樊公邦正，公蒲州人，孝廉，原任德安知府，堅守孤城，賊不能下。及後罷官，家居。賊至蒲，被縛，賊曰：此非德安太守也？欲降之，堅持不屈，賊怒而斬之

德安抗節時，儼若一敵國。氣靡百萬衆，浩然天地塞。誰料角巾歸，毒氣更相逼。正直寧受辱，中心絶反側。斷頭何足惧，慘澹悲風極。

王公倬，澤州人，孝廉，賊兵壓境，先遣家屬出城，隻身入室，口呼君親，向北四拜，自縊而死

忠孝誰不談，臨難每相違。草茅有逸士，况乃異彤幃。處慮獨矯矯，挺操何巍巍。遣家全宗祀，捐軀識所歸。君親呼何苦，遥拜明心依。平生此已足，任作寒灰飛。

相公希尹，蒲州人，原任甘肅總兵，家居。城破，駡賊，

不屈曰：逆賊可早殺我。遂被害

烈烈一將軍，生爲國之幹。本擬報君恩，胡爲當世亂。坐老虎羆威，況敢負國難。頭斷志不遏，桓桓氣凌漢。殺身是所甘，遺恨劍光燦。

張公夢鯉，蒲州人，原任山東副總兵，家居。賊至，喝之跪，不肯屈，賊割去兩膝，旋而殺之

不能滅醜類，壯志幾勃勃。空拳當大難，吞仇氣徒没。怒髮欲衝冠，恨不嚙賊骨。直視若電光，憑陵一何熱。天生脛如鐵，豈有屈刃刖。英魂爲厲鬼，殺賊護天闕。

吊左公懋第

嗚呼左公，顏平原，蘇子卿，彷彿公之精忠。水潺潺，雲容容，泣公何敢言吞聲。萬國中，哀哉公，二僕義士從田横。

雜　興

東林有逸羽，吸露濯清溪。不飛復不鳴，誓遠濁水泥。既少弋人慕，又無群雀擠。孤高有如此，鸞鶴會同栖。何日風雲生，圖南快所躋。

小　閣

積日不登樓，樓空何所見？一带子洪山，蒼然横人面。日晚烟濛濛，風淅鳥如箭。回首望故鄉，故鄉不可盼。

歌　　行

石頭吟，又名十望歌（有序）

有美一人曰傅青主，我不見之我思大苦，聊以作歌寫我心腑，傳之其人留茲晋土，冀其見之勿我遐阻。

一望兮望石頭，望不見兮我幽憂，雙眸望斷雲山遠，人在雲山頂際頭。

二望兮望石頭，山之阿兮河之洲，姓名久噪幽人耳，身在白雲何處頭？

三望兮望石頭，不見君兮我自尤，凡身愧少通仙骨，罔自縠皮也綃頭。

四望兮望石頭，裁新詩兮閟舊游，桃源曾有漁郎入，流出桃花在那頭。

五望兮望石頭，我思君兮志未酬，隻手欲牽白日返，長繩挂在扶桑頭。

六望兮望石頭，不駕車兮不命舟，黄冠布衲從君去，永别紅塵不掉頭。

七望兮望石頭，君弃我兮我不羞，幽蘭爲佩荃爲带，但得執鞭馬尾頭。

八望兮望石頭，不見君兮我不休，揮錐擊破天門鈕，訴與先皇在上頭。

九望兮望石頭，得見君兮死不憂，懷中一點思君泪，化作長虹貫日頭。

十望兮望石頭，但隨君兮我何求？西山一片光明石，與君風雨坐峯頭。

雜　　興

秋雲陰兮溦雨滴，坐清厨兮思不寐。思不寐兮可奈何，西風愁對雁南過。一雁南過悲字斷，佳人何處心撩亂。

十月四日

樹頭風動何披披，心緒逢之如亂絲。山城雲影何離離，有客傷懷不忍題。嗚呼此日兮悲莫悲。

有 所 思

雲輝兮月明，我思兮不情，雖則不情，萬古景行。風來兮草摇，我思兮寥寥，雖則寥寥，其誼也高。

五言絶

夜坐

坐久夜寂寥，燈光幌壁上。爐頭沸茶聲，瀟瀟如竹響。

雜興

入晋別無事，還期到晋祠。誰知數月裏，空自作相思。

晋祠多佳人，嬌語嘲壚者。遠道見郎來，看郎到下馬。

閨中

綉字頻看譜，栽花慣識名。南園隔小巷，希罕殺流鶯。

學嬌并駡郎，郎怒妾不畏。請郎上象床，郎貴妾亦貴。

齋　中

新學研墨法，舊載鬥茶書。童子看巢鳥，山人愛木魚。

角巾惟私着，狂歌時夜聞。預恐鄰人訝，起誦觀音文。

衲卷隨時展，開軒任意名。雪風逼酒醒，童墨促詩成。

感　懷

世事如翻掌，流光似逝波。英雄零落盡，空噫大風歌。

童子懶

不能誦無逸，因製鐵茶壺。時常春睡去，任他沸紅爐。

志　學

抱膝一長嘯，閑齋斷往來。讀書宰相事，作賦大夫才。

偶　作

一身同墮葉，千里似飄蓬。莫作無家嘆，天涯信不窮。

世路正紛紛，離家何足云。風塵携手意，獨有孟嘗君。

瓦　松

何物花茸茸，秋來生古瓦。獨挺貞松姿，北風吹不下。

美 女 辭

美女誕蘭房，春風竕宨妝。故夫雖尚遠，肯嫁陌上郎？

得九如札

凝寒凄小署，無雁復無魚。兀坐若忘悶，故人忽有書。

囑工製裘

吾非輕薄子，裘馬詎翩翩。燕市逢豪飲，圖多箅酒錢。

五　言　律

重過土門鎮

猶是昔年路，今來時已非。不因風景異，頓覺寸心違。古廟殘碑在，荒山落葉稀。踟躕傷往事，蕭颯斷雲飛。

題萆山二首

獲鹿城西十餘里，有抱犢寨，古名萆山，爲韓淮陰伏兵地。按淮陰下趙時，令士卒人持一赤幟，萆山而望趙軍。俟趙軍空壁出戰，即間道馳入趙壁，拔趙幟，立漢赤幟，即此地。余游鹿泉，見憑吊者多在土門淮陰祠，而此山絶遠，登眺者盖少，罕有紀其迹者。余乙酉冬偶登，因二詩以紀之，且以此山之形勝爲不可没云。

帯劍攀危磴，崚嶒叠嶂雄。雲迷馳趙路，日冷列旗風。勝迹石泉咽，荒岩遺壘空。傳殉人不見，誰念萆山功？

英雄千古迹，形勝幾人傳。東鎖恒陽險，西屏故鎮堅。風雲嘗壁壘，虎豹自山川。漢欲封張耳，寧辭霸業偏。

人日二首（丙戌）

曾聞春似燕，復道日爲人。草色逼鄉夢，年光閲客身。梅花何所寄，柏葉暫須親。歲歲無勞數，天涯柳自新。

幸逢今日酒，能忘去年人。世事幾嘗膽，吾生乃有身。劍花羞欲照，螺影猥相親。多少東風恨，都驚物候新。

祁署柬王湛露

数年之别，飢渴興思；他鄉之逢，夢魂欲憬。奈閡功令，未遂私情，聊數語以當加餐，庶千里無忘道故。

獨有臨邛客，來向并州游。賦草逢時獻，琴心何處投？清霜旅邸夜，尊酒異鄉樓。梁苑遭莊忌，論文好共留。

昭餘吊温太真

晋運當危覆，英雄憤正深。既思援國難，豈復念家音。裾絶心堪裂，泣揮髪欲森。至今懷往恨，猶爲血沾襟。

初春效李賀體

春至能何許，韶華漸覺妍。柳條柔見色，晴日暖看烟。逗面風梢軟，舒襟體意娟。漢家飛燕在，玉骨倍温然。

讀　史

不爲封侯印，常懸带血刀。風霜人易過，家國恨難消。午夜鷄声壯，中流楫擊豪。江山猶在望，肯使老吾曹。

新正雪霽登署中小閣

入望山偏秀，登高日倍明。不緣惱積雪，何自快新晴。斷白凝遥閣，流雲濕近城。署中清絶處，端合酒杯傾。

新霽登署中小閣懷諸友在廣陵

小閣當新霽，閑憑宿鬱舒。山光青逼檻，靄色嫩沾裾。雪液檐泉響，春温鳥奏紓。那能對好景，不憶廣陵書？

走韵贈賀伯龍

近得平生友，汝南賀伯龍。縱揮能百首，豪飲可千鍾。白璧連城價，青霜八面鋒。翩翩騁駿足，蹀上九雲峰。

署中自題

落落誰堪誰，高懷止自嗟。記年惟甲子，注目但雲霞。吾道猶存餼，天心未厭華。桃源在何處，卜渡欲移家。

端午日懷伯龍在途次

閑庭當艾節，無計對參軍。蒲葉尊中滿，榴花何處纁。讀騷應有句，競渡但瞻雲。寂寞誰相念，空令日色曛。

賦別習仲

幾度勞魂夢，相逢俱客身。風霜悲鬢髮，涕泪感乾坤。骨肉尊前話，飄蓬世外人。別離何足問，所重在吾親。

哭上艾先臣葛公大節（公諱凝秀，聞逆闖陷都，向闕拜而就縊）

慷慨捐軀日，孤忠諒可哀。撑天七尺影，恋主一心灰。北闕魂猶拱，西山日已隤。老臣何所慕，常此感風雷。

吊周伯况先生墓（墓在祁縣）

先生當王莽之亂，散財遁迹。光武正位，不就仕。蓋先生之高在不仕新，非不仕漢也。當建武可以無容仕矣。詩見意焉。

漢祚中衰日，先生耻仕新。散財明夙志，遁迹契高人。社稷間嘗慟，烟霞老自親。既然世祖出，何用更垂紳？

題祁志沙城斷碑詩

相傳有雁喪其偶，其雁觸碑而死，碑爲之斷焉。

貞鳥何年迹，相傳此斷碑。孤心憐偶喪，烈氣感珉披。落落沙城影，哀哀羽族悲。荒苔與蔓草，猶憶啼紅詩。

寄贈王寧一

鞍馬過君家，相逢意氣賖。呼盧嘗命酒，好客每停車。百萬增場劇，十千供日斜。參商凡度幾，流水閱年華。

寄贈友人

儒素自風流，昔年曾舊游。布衣交道古，蘭籍友聲悠。致仏臨風樹，調高入郢謳。思君嘗欲渴，無那又驚秋。

寄懷劉駿華

洒泣登舟日，揮戈返照時。有懷思故國，無雁寄新詩。滄海桑田易，人烟居處移。鄉園秋草合，應共感離離。

十月一日有感

其　一

荒凉十月候，感慨忽今朝。曠野鄉書斷，寒風秋草凋。灰飛衣莫寄，魂杳賦難招。誰念天涯裏，傷心涕泪消。

其　二

寒鴉飛復鳴，歲暮正凄清。白雲澹秋日，黄花動古情。飄零憐葉落，潦倒畏樽傾。自是年光促，偏令客思驚。

贈侯允德叔隱居

晏嬰非樂市，潘岳且閑居。世事一尊酒，生涯數種書。朔風寒歲早，流水故園餘。黑白知誰尚，衡門意自如。

懷是經

登當①拜母日，握管憶君情。落落天涯遠，蕭蕭客鬢生。寒温隔歲月，踪迹似浮萍。何計成歸隱，山田好并耕。

---

① 當：疑作“堂”。

故　鄉

故鄉今已矣，何處故人居。井竈紛離舊，朋游散莫書。荒原頻入夢，客泪幾沾裾。但得扁舟去，無緣戀敝廬。

七　言　絶

過　土　門

落日天邊暮靄愁，中原逐鹿未全收。風烟鎮日低秦嶺，回首征鞍欲白頭。

北城依韵賦别孫君建

入雲深處見山扉，話别匆匆馬欲飛。揮手故人千里道，風霜應念夜燈輝。

戲代組吏部囑太原令使青目粉兒詩（粉兒即太原妓也）

花比精神玉作魂，楚雲曾此戀轅門。知君雅意栽桃李，冀共春風一樣温。

代太原戲答

殢雨尤雲欲斷魂，相思無路到轅門。凡心也自憐嬌蕊，無那春風已早溫。

申之嘗言不如作一戲子，時人不解其故，詩以曉之

傲骨年來誰與歡，欲隨優孟强登壇。情知歌笑非吾事，圖带叔敖舊日冠。

觀賀伯龍醉中草書口號

對君疑見賀知章，染髮書成興欲揚。留得龍蛇君自看，醒書何似醉書長。

讀袁雪齋尹興記次沈羽公老師韵

其　一

偶因作客罷耕桑，苦恨憑誰話故皇。獨有尹興當日事，爲君涌起泪千行。

其　二

此事何關敗與成，壯心耿耿自不平。當時若止圖觀望，誰肯孤身抗大城。

祁妓有從良者，將其鼓樂還官，戲書鼓面

輕雷花貌艷其鏜，幾度喧闐歌笑場。從此雷神收響了，更無雲雨在高唐。

署中舊有巢燕，不固而墜，又復營成，余以紙代爲封之，戲題其上

故主已如風後葉，銜泥猶自影梢梢。知君兒女身家重，一紙聊爲固小巢。

秋期不赴，因述懷（時丙戌秋也）

照眼槐花近小樓，晚凉吟罷更生愁。文章也自堪登第，無那西風非舊秋。

故居被占（二首）

滿目山河同換主，故家燕子傍誰栖。却憐楊子讀書地，都作蕭蕭胡馬嘶。

一囊一劍是平生，常欲乘槎泛斗行。壯志繇來薄治産，何必區區問故衡。

小　院

霞明落照城頭影，風斷閑雲天外飄。小院深深無個事，愛題蕓葉當芭蕉。

柬顧雲門

相過執手話荆高，易水風寒劍氣豪。多少元龍樓上意，馬蹄回首更蕭騷。

署中重陽（二首）

庭院秋風一夜霜，曉來方道是重陽。籬邊衆草都摇落，却有黄花蕊更香。

景物蕭蕭歲又闌，黄花剩得客中看。今朝不用登高去，昨夜城頭風更寒。

秋日祁城

一上高城望眼舒，金飆寒意動襟裾。祁城不用深懷古，只此踟躕感有餘。

七　言　律

別齋對酒賦贈錢公又平時有觀畫論文之樂

問字風流羡子雲，玄亭尊酒對斜曛。談言興劇詞傾峽，捧腹才高氣貫雯。屋裏瀟湘憑畫卷，囊中風雨見龍文。莫嗟勝事昔賢遠，只此清評已夜分。

寄懷姚南之錢嗣裔

閉門終日卧窮愁，車馬何人問舊游。乘興有懷期訪戴，避居無計欲依劉。匣中劍氣應涵斗，世上浮名漫刻舟。屈賈雄才君自富，寄言我已志林丘。

感　興

坐來何計慰愁腸，秋草蟬聲自夕陽。雨漲村溝林際水，苔生深院砌陰涼。枕頭書卷餘殘夢，眼底浮雲带晚蒼。碌碌世情誰得似，逐風撲火鎮朝忙。

卜易志感

已笑行藏似掌翻，那堪運命如泥屯。隨人牛馬無不可，到處囊錐莫浪捫。欲變楚聲誰禁思，若教齊語但專門。蝶周夢裏原成幻，倚伏何妨塞老論。

村居秋水

故園一夕水爲鄉，滿目桑麻變荇蔣。河決豈遑悲瓠子，雨沱何必怨商①羊。農夫望颶空懸耒，舫客乘濤欲縱檣。生事飄蓬無處問，可能鱸鱠代秋粱？

村　居

荒居無客罷談玄，判把琴尊付宴眠。滿枕清風雙眼在，半窗暑雨一藜穿。宅留細草濕沾砌，樹結垂條晚聚烟。僻塢正逢秋水漲，樵踪漁況過流年。

---

① 商：當作“商”。

雜 興 一

一徑蓬蒿二字居，白雲青眼對攤書。拈鬚句就詩堪帖，折柳樊成饌有蔬。逸興漫尋學水約，閑情時掃聽琴除。喜無衫履秋風爽，深樹石梁便看魚。

雜 興 二

數朵寒花點砌涼，蕭然四壁見秋光。雖無舊友來蓬徑，却有新詩滿草堂。司馬家貧能作賦，元龍氣傲自登床。衡門從古多佳興，坐卧西風一水長。

雜 興 三

小巷人家計任天，每于水澇卜魚鮮。秋瓜入饌食難飽，濕柳充薪竈易烟。慣貰酒奴遲應沽，澀還鄰老暗羞錢。早眠晚起惟詩伴，越到窮時致越添。

雜 興 四

一片心如失獵獐，還資種菜到秋芳。今年種借來年麥，一日食艱數日粮。錢遇典衣橐易盡，身因避禍鬢全光。嗷嗷預作穰穰計，弱婢小僮齊築場。

雜　興　五

入秋莫怪出門遲，圃計農功妨去時。潦下泥田耕怵力，稼傷稗粒課勞思。嘗鮮兄弟頻賒酒，寫蹇妻奴半解詩。笑指炊烟揶飢鬼，朝餐以畢晚烟絲。

送象九、習仲、静觀從王節度游維陽

群英壯志嘉遨游，聯轡維陽海色秋。詞藻風流輝幕府，弓刀俠氣照雄州。論兵莫負幽燕老，結客能忘豐沛儔。北地奇書如可問，中宵明月憶登樓。

細　　君

欲效伯鸞愧未能，相安勤苦待君承。養兒莫笑蓬頭拙，奉母還思兼味增。吴市賃舂寧諱賤，桃源避世自成朋。于今不羨長卿貴，椎髻蘿裳信有恒。

哭兄翼之四首（兄當甲申大難，父遇害不肯獨生，從親而死。兄諱餘恪，明增廣生員，當時有倡義之舉）

骨肉知心弟与兄，今于何處問生平。百年徒没勤王志，四海誰憐仗義名。魂返重泉應見帝，丹成野鳥定呼朋。一家剸刃渾閑事，眼泪寧堪哭有聲。

豈艱躍馬去投吴，只爲親亡不顧軀。萬載名存伍氏尚，一腔血洒趙家奴。銜冤未雪目難瞑，賫志無成鬼尚呼。回首刀頭辛苦恨，斷腸真可慘千夫。

年少場中説長兄，當時誰不羡飛鳴。笑談入座争扶袂，慷慨論交各傾情。好俠曾傳擊劍術，學書猶志寫經名。可憐滿眼風流藉，盡作山陽笛裏聲。

想像思兄欲見難，祇餘顔色夢中看。婆娑不似當年貌，恍惚全非舊日歡。豈是游魂迷悵望，多因幽路太瀰漫。中宵猛起成悲咽，冷露寒蛩泣月團。

剃髮志感

高皇王業已烟銷，義士誰爲惜一毛。椎結自今成異域，衣冠從此不前朝。顧駝有泪空悲棘，見祭何人早辯妖。文物中華淪没盡，剩將感慨付歌謡。

送若谷家兄入都謁貴

落魄窮途吾道難，侯門此去鋏須弾。但令張相舌猶在，肯使虞卿璧久刓。骯髒人驚俠後骨，風塵我卜故來歡。高樓得意能沽酒，醉拍斜陽舊戰鞍。

寄懷永言家兄（二首）

休嗟踪迹似飄蓬，王粲依劉計未窮。揮去黃金隨客盡，別來彩筆帶愁工。既逢狗監深知馬，豈慮長揚晚薦雄。猶有當年霜刃劍，好將拂拭倚崆峒。

兄弟天涯音信稀，經年將別未言歸。春風有夢誰吟草，秋水懷人空掩扉。談劍襟期仍浩浩，傷弓心事漫依依。加餐一語遥相祝，多少窮途泪未揮。

喜子桐侄來感賦

一家零落苦相思，見子蓬茅夢亦疑。不爲虚鸞怯弱羽，豈令壯志泣窮岐。侯門未必工弹鋏，梁苑何堪久賦詩。暫此家園聊共慰，蕭條生計半荒藜。

索居中，崔生千公過我，問遺文，一編示之，因詩寄焉

久擬吾廬如仲蔚，子來端合似裘羊。未論吾道千秋貴，且喜書心一段香。世態我無譫談意，時賢爾任歟歈狂。殘編未是屠龍技，讀罷應還有秘藏。

與滿州人翟姓者語往事志感（翟本齊人也）

秦容何能變楚聲，總來異域也鄉情。身原漢裔還思漢，家既清朝却戴清。款曲逢人偷認故，依稀問訊暗含驚。南中欲話北中事，一段凄涼一泪盈。

剃頭後見公弼，時公弼有中流砥柱之意，因賦贈

別來壮志竟蹉跎，得似君懷未可多。一代賢豪堪自負，幾番風浪肯同波。閉門書著經天策，養士金揮弹劍歌。少小交游許我共，頭顱相顧汗顔酡。

贈許蛟門兼呈公弼

一劍風塵故倦游，豐城紫氣欲連牛。談兵舊著如山略，遁迹深懷破浪籌。囊挾異編傳圯上，心懸故國愴神州。新亭當日饒名俊，慷慨誰人第一流。

秋日懷二友人

曾記相逢夜雨中，誰知轉眼已秋風。只因時勢渾無定，那覺襟期判不同。天下幾人還逐鹿，比來諸俊半傷弓。思君意氣深如海，何日重爲弹劍雄。

秋日寄贈張玄甫兄弟北期因書予懷

君家兄弟各峥嶸，舊社論文應更精。莫問西風雙鬢改，却看北去一枰贏。明珠自合逢時貴，鵬翼寧容借力輕。突兀故吾真有我，酒杯詩卷課秋耕。

中元日邀張振起、張玄甫昆玉泛舟

清興正當七月望，携尊邀客欲維舟。登臨不過黄泥坂，詩酒聊同赤壁游。鳥踏寒林驚落葉，燈移輕槳照中流。諸君舊有黄山谷，肯負滄浪一段秋。

秋節農祭

西風霜露墜寒林，俎豆桑麻野興深。著飽盤餐天地德，薦餘瓜棗歲時心。農秋禾穗朝懸屋，鬼節燈光晚入潯。却念燕雲征戰後，誰貽熙穰到而今。

讀《大明遜國遺事》，見其時節義名臣，自孝秀以上至諸公卿大夫不下幾千，餘人無論已。即下至戍卒守衛、賤妾弱女亦皆比比争鳴，何其忠義之多也

三十年來事已非，鼎湖空對泪沾衣。乾坤否泰歸天運，鷄犬生成總主威。開國遽關亡國恨，微臣盡識去臣机。獨悲一代

忠貞燼，撥却寒灰再不飛。

秋夜憶柔之家弟隨諸同志涉淮入楚

入夜秋聲雨意涼，遥憐游子在他鄉。綈袍欲贈須相好，杯酒將歌莫獨狂。楚水吴山開别眼，南金東箭總同堂。家音思寄無魚雁，念爾臨風一斷腸。

雜　興（時欲耕無牛也）

山田野老競秋耕，牛種隨緣也亂營。守隴自知人燕雀，擁犁何計畝縱横。私租未補輸公税，水患全虚擧火情。遥憶四郊荒草壘，眼看荆棘起麋麖。

冬夜細君限韵

烹茗探字笑成詒，欲数星河望轉疑。刻燭漫憐遲得句，聞鷄切計早相司。香消鼎篆更猶鼓，寒透窗紗月尚罳。搔首欲吟還命酒，夜深清影倍凄其。

偶　興

新沐弹冠浴振衣，勞勞塵土將焉依。釣竿待我開青眼，茅棟逢君話緑薇。龐老作鄰誰是客，陶家造飲醉方歸。清風自有羲皇世，何苦經年未息機。

卧月軒夜憶玄甫兄弟

何處迷離着此身，夢回幽絶倍傷神。窗間月色寒侵影，城裏鷄聲亂在鄰。卧擁餘衾心恅慺，魂勞拙計思逡巡。可憐一夜愁腸結，有子能無意暫親。

賓興之期，時已有剃髮之令矣，諸士頭顱突然，地主仍命是日着衣冠，前一夜旅宿感賦

胡盧界裏誰知是，囈語傖談到處留。有我尚玄或尚白，從他呼馬更呼牛。魚龍骨格寧容識，優孟衣冠不自由。方朔詼諧聊玩世，屈原悲憤欲何求。

秋夜諸武弁集草亭戲，促余爲詩，一人磨墨，兩人攤紙，一人督筆，令不及停，一草而就，不易一字。時諸人皆一時之俊，豪歌劍舞以笑樂焉，其中有自遠道北上者

草廬談笑聚群雄，劍氣燈光指顧中。海内何人堪問鼎，尊前諸士盡如熊。風塵辛苦休辭悴，雲雨飛騰會見通。巨拍長歌起舞夜，一天星斗閃寒空。

若平錢公新推選，以簡見寄，賜罏，促余赴秋期，乃余意久灰冷于此矣。詩以寄答

自是承明獻賦才，清緘何意促寒灰。蒼生有命應登謝，公子無痾漫薦枚。老我久甘工詩卷，思君看欲到蘭臺。彤幃若未忘玄漠，新句還須問草萊。

時期北試過琉璃橋感懷，余有不得已之故，盖難言者

龍虎河山王氣摧，蒼茫雲樹萬家哀。朝天路鎖空流水，致士名縻舊冀臺。衿佩迴非前代製，詩書猶羡漢時才。魯連蹈海原高節，一爲同塵驅馬來。

都　門

都門依舊水環流，風雨瀟瀟非舊秋。兒女聲中亡國恨，黍離歌裏故宮愁。南還餘鋭争馳馬，北向遺談欲汗牛。搔首重沽燕市酒，西風倚嘯陳雲浮。

用分緑軒韵贈主人

疏雨清厨秋意深，禅林愛儆作詞林。佛燈光映讀書壁，龕磬聲飛弹劍音。笑了萬緣方入定，酣餘五斗正齊心。紅塵欲証

無生果，胡帽袈裟好共尋。

圍[①]中志感題壁上

才俊紛紛冀昔時，此中何意有申之？頑餘面目驚還在，廢久文章悔自知。殘焰夢回聞漢鼓，風檐人語辨新綏。迷離亂影誰相念，揮泪含毫一賦詩。

雨夜圍中逢王金粟，得紀孟起昆玉消息，賦題圍壁

夜雨棘燈照黯然，傾談知否是何年。浮名鶏筋[②]慚猶戀，諸少龍頭喜共傳。服物易驚人貌改，風雲誰識霸圖偏。揚雄舊日工玄草，却爲新朝獻美篇。

長安酒肆逢樞筦王年伯刑部持螯笑人，因留飲至醉，座中賦之

長安酒肆笑持螯，邂逅相逢飲興豪。瓮底無人識畢卓，尊前有客似枚皋。風生醉眼含情遠，賦就新篇擢調高。此日金龜聊共解，重來擬典錦宮袍。

---

① 圍：當作“闈”，疑作者故意爲之，下首詩同此。

② 鶏筋，疑爲“鶏肋”。

隨任重過土門述懷

湖海年來氣未消，重隨車騎陟嶕嶢。壯心且爲高堂斂，詩興聊因懷古豪。泜水旌旗人盡没，陘山厄塞路猶轇。誰憐吟罷寒烟裹，滿眼風塵暗佩刀。

謁 淮 陰 祠

無雙國士自奇英，萬里全圖一戰聲。薦歸蕭相原知己，計漏陳豨豈善兵。項滅已分狡兔死，身存未信数雄平。早知震主功不賞，何苦當年拒蒯生?

淮陰祠有感

楚趙兵銷知幾時，荒村猶此拜侯祠。行人盡話當年事，志士誰存故主思。天下自今仍逐鹿，英雄何地欲争奇。那堪短鬢風烟際，泪洒寒空讀斷碑。

登抱犢山見郗道人

何年抱犢傳名勝，暇日登臨興欲滋。洞古岩深龍卧處，峰高雲暗鳥飛時。霞衣未見人間制，石榻猶存異代碑。吟罷夕陽歸去晚，塵心頓悔入山遲。

題連珠洞上留雲亭

留雲亭榭傍山隈，散屐幽尋清興開。一洞烟霞藏混沌，四圍峰嶺映尊罍。因風墮葉飛依砌，過雨殘碑斷蔭苔。莫説林深人不到，時嘗嘯咏有仙才。

呈魏連六社兄宰平定

三台結社舊詞林，出宰名州興自深。漫説夢刀堪騁驥，繇來携劍暫鳴琴。沾裳莫洒河山泪，濟世終懷霖雨心。咫尺思君君念否，好將青眼問知音。

登樓憶魏連六有字見招，兼玩其所遺詩札

征塵未及叩仙衙，遠道相思意更賒。隔嶺白雲迷望眼，親人绿酒動長嗟。魚書有字招王粲，流水何時對伯牙。惆悵登樓君不見，却開清帙玩龍蛇。

醉中題壁

相不當侯莫漫猜，幸逢有酒且銜杯。紅塵幾誤屠龍技，班管猶餘綉虎才。一醉久拚身是寄，千金自信散還來。眼前蒼素同風雨，壯志誰能便頓灰。

人日憶習仲、静觀諸友及家弟并在南中

昔傳人日空相憶，無那今朝獨憶君。南望柳條應共色，北來雁足詎同群。天涯兄弟堪知己，故國風光不可聞。我亦異鄉兼逆旅，每逢佳節倍思紛。

讀　史

横腰一劍血猶新，不盡恩仇肯贈人。千里訂交尋義俠，兩番破産爲君親。逃餘伍子還堪將，浪去韓侯未是貧。白眼世情何見論，安排隻手挽金輪。

丙戌元旦雪，用玄宰韵二首

山城元旦雪漫天，何處江翁泛釣船。玉屑飛融香炬裹，瓊英斜洒絳籠前。餘寒應到椒盤歛，素萼還依梅蕊傳。待得日高消釋盡，春風喜氣向誰偏。

客歲風光一枕過，今年今日聽新歌。幾家燈火燒元旦，何處兵戎溷太和。曉夢欲醒催起舞，雪花不盡看成哦。年華人面難相似，莫放愁眉入酒波。

賦吊周伯况墓

世祖雄才奮翼鱗，先生高節竟難臣。豈無大略扶明主，終欲閑時老野身。三聘清風推處士，千年優詔想山民。蕭條古墓荒村外，感嘆何人繼後塵。

懷薛處士（諱宗周，汾陽人）

所謂伊人汾水隈，溯流難遇更思洄。乾坤道在無終古，日月名懸任草萊。仰躅徒勤黄綺想，問途誰指朱公哀。寒風颯颯心還耿，翹首雲山一拂鬆。

春日署中

春陰雪雨暗空齋，小酌頻開幽興諧。草色墻頭分細绿，鳥聲林外噪輕霾。折來杏蕊添書供，候煮茗鐺破酒懷。寂寞個中何所詣，案旁詩卷已如柴。

離石趙大章孝廉，隱君子也，以詩見遺，依韵答之，且以見志焉。時大章客祁，余從署中投詩與之，未能相見也

迢遞休悲客路寒，出塵高致本清单。青山入夢孤雲遠，白眼吟詩夜月殘。阮籍猖狂堪縱酒，屈原修潔自紝蘭。故人幸有

同心者，何日羊裘把釣看。

署中登樓

春雲細雨洒青蕪，城裏登樓趣轉孤。連屋看山微見嶺，隔墻探杏不成株。鴉喧古木知公署，花映垂帘憶酒壚。鎮日徜徉惟此地，滿懷清興與誰俱？

春日用戴工部韵示家兄弟，同在祁邸

蹉跎歲月幾因循，何事經冬又到春。世路風波且莫問，尊前兄弟但相親。花開曾記昔年賞，夢斷應迷故國津。多少客思來宦邸，愁心日夜想離塵。

祁署送家兄弟還里

兄弟消魂各黯然，明朝千里別離天。馬蹄山色應回首，夜月尊空誰問玄。鄉信前途堪屈指，客愁永日倍增年。春風花鳥恒陽道，一路吟詩憶惠連。

贈　友

未到君家便羡君，軒軒高致果超群。賢豪海内皆堪納，孫子家傳總妙文。至德曾登使者牘，清風不愧古人聞。猶思尊酒談玄會，玉樹琳琅日色曛。

贈答賀伯龍詩（有序）

伯龍，魯陽才子也，與家君有桐鄉之誼，久客風塵，落落不偶。一日游并州，得相晤于昭餘，流連数日，話舊論文，致翩翩焉。又多以詩見遺，因步韵唱酬，時伯龍有捧檄之意。

步韵答贈

玉殿丰姿襯客衣，長途吟倦一囊肥。孔璋才健檄應借，孺子名高榻自依。入座赤城霞片片，開談玄箸興飛飛。明朝展驥知千里，莫忘春風便道歸。

對酒賦贈

嗚珂舊説魯陽才，何意風塵接素裁。剪韭愧無茅舍供，倒尊喜有異鄉醅。詩經吟後思偏妙，話入心知鬱頓開。此日相逢應不偶，敢將新句訂陳雷。

走韵賦贈客况

久客風光類長卿，梁園詞藻舊知名。枚生友後學逾進，楊監逢時鋏漫鳴。賦奏上林天子悦，弩驅前道故人驚。昭餘得似臨邛未？好把琴心仔細精。

夜置酒話舊，因訊令弟消息

薄寄昭餘春色深，魯陽才子動遥尋。論文不減登樓興，作客偏優下榻心。佳話十年今夜燭，宦途兩代異鄉吟。君家二仲知仍健，聊附歸驂訊好音。

讀伯龍陌上佳人步詩，戲次韵

其　一

想像香踪印細塵，玉尖何處透春茵。鳳窩從未旁人覓，蓮影誰期才子親。乍出羅敷嬌應妒，慣看司馬羡還顰。采桑幾度空歸去，惹得新詞席上珍。

其　二

生花自古説風流，散入紅塵香更留。不怕使君偷認迹，偏令鄰女暗工愁。屧廊響後猶憐媚，仙掌擎餘獨逞幽。芳徑日斜無拘束，休尋濮上作樓頭。

吾年三十一矣，忽見白髭一莖，口號自嘲，書呈伯龍

吾年尚未三十二，忽見白髭一縷生。不是青蓮嘗對鏡，多因文叔好徵兵。簪花醉裏渾難辨，拈句愁中突自驚。方道糊涂無鬢髮，誰知此處更分明。

賦別伯龍還寓高都，約秋期有一晤

相逢意氣正相和，何事驪駒又唱歌。別路詩騷君滿眼，留懷珠玉我盈駝。長平山色家仍客，上黨雲烟晚更過。此去秋風應不遠，臨岐無那泪如沱。

寄懷習仲在龍門令兄署中

作客風流羨馬卿，龍門雙屐倦游情。座中劉左誰高下，榻畔陳徐是弟兄。別後鶯花凡幾度，向來詩酒可重盟。芳蘭無限思公子，空阻雲山数日程。

得習仲札教

醉醒豈必太分明，隨俗糟醨意自貞。壯志總饒張德遠，高懷何似蘇雲卿。莫將檜句招時忌，留得冰心鑒世衡。吾道從來宜墨墨，虚舟飄瓦任縱横。

讀《題尹興記》詩憶沈羽公老師

不拜先生十六年，遥聞高節倍心懸。田園老抱孤臣泣，雲鶴雙揮義士篇。故國風烟空麥秀，昌陽保障自林泉。何時得慰登龍望，十畝籃輿捧大賢。

寄贈昭餘馬茂才九如

知君意氣足千秋，俗法偏妨雪夜舟。匕首争高燕市筑，陽春徒羡郢中謳。平原豪飲堪傾客，太白狂才欲射牛。何日跨驢成獨往，風塵局外話同游。

署中寄懷馬九如兼達同志

鬱陶官署壯心違，俠士如君恨見稀。長劍幾回悲夜月，短歌終日對斜暉。元龍豪氣因湖海，魯仲高名在拂衣。寄語昭餘同志者，飛鳴莫冷舊漁磯。

寄贈上艾張茂才（血戰抗賊拱垣）

鬥虎英雄豪氣森，雷名徹耳已思深。霜搏匕首凌虹色，血洒榆關報主心。圯下授書饒大略，隆中抱膝有高吟。倚雲談劍知何日，一寄鱗鴻到竹林。

寄贈上艾苗孝廉（守節不仕介絶流俗）九符

眼底誰人第一流，鼎絲今在碧濤樓。問天有句松風晚，繫日無繩山色秋。蓮社盟高堪笑隱，鹿車尊滿自酣游。蘇門何日聞清嘯，鳴鳥聊爲出谷求。

哭上艾先臣朱公大節，用連六韵（公諱一統）

鼎湖龍去水空寒，髯絶誰憐烈日肝。熱血九泉應化碧，芳名千載永垂丹。心灰漢祚敷天恨，泪洒秦庭終古瀾。欲賦招魂魂已斷，窮途惆悵倍艱難。

哭故鄉董公作翁外祖

今世有身何足貴，憐翁此去更蕭條。田園易主生先慟，墳墓屬人魂亦僑。尊酒當年稱義俠，殘家今日任飄摇。臨風千里傷情泪，夢隔關山賦大招。

聞聲懷傅青主

青主世宦家，當甲申之難，披髮入山，弃萬金之業如芥，吾友九如言之最悉，余未能晤，詩以懷之，用表相從之意云。

帝闕沉淪禾黍高，晋陽血泪洒寒飈。萬金産弃留長鋏，五世恩深惜鳳毛。伯况逃名心自遠，嗣宗耽放意猶騷。聞聲莫怪急相慕，同是當年舊澤袍。

中元日散題

潦倒閑齋客思横，蕭條忽此見秋聲。浮雲散去知天遠，庭葉開殘覺序更。七夕纔過乞巧夜，中元那復泛舟行。翻瀾覆雨渾常事，且向花陰盞數傾。

丙戌入晋題

晋陽形勝舊并州，萬里黄河繞塞流。王氣何年開統緒，雲山終古控燕幽。人逢革鼎仍懷土，地盡桑麻却稔收。回首不堪風景異，晚烟蒼樹遠天秋。

和許鴻程韵，題祁縣八景

堆銀奇嶺插天嵬（高峰積雪），一带晴波繞堞來（涓源春水）。穴古幽螭眠未出（麓臺龍洞），碣横貞鳥觸仍摧（沙城斷碑）。玉輪沉水光摇岸（龍舟夜月），金掌翻霞赤滿峽（幘山晚照）。遺壘虬枝鱗甲動（故縣龍槐），翠陰根下兩泉開（一柏二井）。

得連六詩札賦答

閟鎖官衙斷遠尋，對君尺牘見君深。如雲意氣平原飲，比月襟期彭澤吟。龐統自非百里宰，陳登依舊上床心。相思重贈瓊瑶句，滿耳秋聲已入林。

余在晋聞高薦馨在水鄉賦寄

舊游零落自何年，坐閲滄桑客恨煎。健在應劉仍問信，當時稽阮半游蟬。甘違合有白雲約，避地能無緑水緣。一望秋風知鱠美，此心已逐故人船。

示志薦馨兼呈張元徵

世態奔流豈定波，思君高話在山河。抱陽片石留醒眼，上谷秋聲增浩歌。蹈海幾人天下士，藏名終古白蘋蓑。西風惆悵鄉關杳，舊社同心近若何。

聞四維黄老師乞終養被謫

年來心事已東流，隨牒功名豈劍舟。肝膽向從吾黨見，升沉寧與世人謀。夢懸白髮甘投組，望繫蒼生未解憂。獨有感恩當日士，聞風慷慨伏吴鈎。

秋日登樓

摇落悲心一上樓，千家黄葉滿城秋。西風砧杵催寒序，斜日人烟起暮愁。籬下霜枝還吐萼，天邊雲鳥詎登韝。那堪徙倚欄杆際，不定殘鴉晚樹頭。

雜興一

昂首青天欲放謳，舞鷄籠鳳漫驚眸。人豪獨數周公瑾，世事何如馬少游。留得虬鬚吟晚照，可無冰鑒當虚舟。星飛電起知誰是，手捲殘篇冷月浮。

雜 興 二

射虎何曾真虎逢，須臾聲吼便亡弓。空矜狙智期時眼，那見鴻心繼古風。博浪運椎術豈幻，蘆中乞國計偏工。莊周汗漫難齊物，寶劍衝星氣自雄。

雜 興 三

種菜修鋤更聽琴，昏昏夢去到于今。鼠偷殘已驚醒卧，月上空窗照苦吟。賴有圖書銷夜永，惱聞柝鼓攪愁深。何人最得墻東趣，涉水褰裳是所欽。

雜 興 四

無風無雨坐青釭，布衲紗巾尚未降。入世漫勞説夢偈，吟詩勝有打油腔。桓文豪舉愁看劍，劉戴高名愧渡江。欲買茅庵臨洧水，歲閑呼友就徒杠。

夜雪吟詩（二首）

寒更燈火坐抽毫，雪意窗前密似毛。乍覺風威凉入鬢，那知霜片亂粘袍。孝然此際應耽卧，道藴當年好賦騷。安得五湖垂釣侶，扁舟雙笠對持螯。

漫誇玉粟助銀毫，立見乾坤已不毛。閉户蕭蕭疑上竹，窺窗颯颯欲侵袍。鳴鵝入陣功偏著，命棹懷人興更騷。一望階除何所似，墻頭松尾大如鰲。

詩　　餘

望海潮　冬日感舊

夢回殘角，月明故國，黯魂無限思量。寒生珠泪，恨掩餘衾，壯心深惜流光。萬事鎮茫茫。雙眼在，回首處總堪傷。瞬夕今古，乾坤何意頓滄桑。　　追思當日激昂。直手扶日月，身作金湯。烟鎖長橋，草横短砌，空餘水繞門墻。瘦影寄他鄉。此語憑誰訴，烏雀斜陽。漫將杯酒，聊供野韵流愁腸。

滿江紅　和岳武穆

醉倚春風，思量處，雄心漫歇。傷往事，重重遺恨，空驚火烈。百二山河眼底泪，十年懷抱天邊月。嘆黄金，猶有舊時恩，夢魂切。　　腰下劍，光如雪。男兒氣，耿不滅。望神州陸沉，漢家宫闕。何人爲作西歸賦，英雄徒拭東風血。須有時，雷雨遍乾坤，洗帝闕。

玉蝴蝶　立春艷曲

晴日初温庭院，乍驚簫鼓，送入春來。此際韶華，偏宜舞閣歌臺。語輕輕，鶯聲漱玉，光灩灩，宫面妝梅。暗相催，眉稍引杜，句裹偷崔。　　休猜。幸相逢佳節，椒盤彩勝，肯負香罍。分付東君，小亭屈指數花開。柳絲長，蠻腰學軟，桃萼嫩，樊口思偎，更徘徊。紅羅先綉，緑袖徐裁。

甲申二集

五　言　古

挽朱忠烈

悲風號不已，哀君忠烈魂。一身爲國死，慷慨復誰論。孤城不可守，孤臣豈能存。嗟哉井水碧，淒其白日昏。張許丹青在，千秋榮帝恩。

寓容十九咏

容固多賢之區，忠愍、静修而後，有我徵君，海内山斗，我所師事者，不敢夷之友人之例，故不述也。十九咏者，亦不獨容人，以丁亥余同耿、鹿二兄寓容，因相與游處合志之人也。其間去余，蓋十八人耳。此雖不曾盡余之友，亦不必盡容之奇，然皆一時隱君子，古道落穆，不期而集，樂數晨夕，不愧昔賢之風。雖江夏、竹林，何以過焉！言笑之暇，遂各爲品目，人具一咏，而余亦附之。體則仿于匡山，而義則歸于鷄杜，聊以記一時之勝云。

一鶴　超鷄群而獨舉，故曰鶴。

侯　仲　嘉

仲嘉物外人，矯矯空塵累。烟霞痼已深，翻然成掉臂。去去北山陲，愴薇聊衣荔。榮利豈不美，而我甘遐弃。嘯歌川谷鳴，獨往龍蛇悸。

三逸　淡然掛冠，不求榮進，故曰逸。

孫　玉　屏

倜儻雄儔伍，夙昔志新硎。一自謝榮華，托興在林坰。眼前一尊酒，願醉不願醒。室無擔石儲，心無終日經。獨留詩書澤，可以訓家庭。

孫　錦　屏

我有贈君句，君亦樂相崇。十畝間閑閑，自號曰醉翁。鬚眉帶怪氣，詞藻凌松風。不隨貴者游，時與野夫融。此心脉脉間，僵然遂高翀。

胡　信　山

君家五老裔，林尖表勁節。落落十一代，烏衣存修潔。君懷濟世略，片言堪解結。少小富文彩，郢調矜白雪。一旦厭聲名，夷然乃不屑。

三德　才全德備，故曰德。

耿是經

是經天下士，負奇兼載醇。有酒輒宴客，無錢不憂貧。喪偶耻再娶，奉母良獨辛。入塵貴不染，萬物供陶甄。知君得水鏡，近許已歸仁。

崔映華

濁世自翩翩，映華佳公子。意氣如丹霞，襟懷澄秋水。恬淡物無競，冲容緒自理。雅慕賢豪間，談論足文史。所重在高堂，囊中常藥餌。

孫君孚

温恭思君子，君孚金玉人。抗懷能論列，從容各有倫。純白既不雕，意言闊且馴。多病妙養晦，藥餌扶天真。秋風當健起，詞翰騁絶塵。

一標　豐儀真静，文物修舉，可以表俗，故曰標。

孫君建

入户寂不聞，披懷君斯在。素琴時一彈，泠然澄俗穢。濯濯白璧姿，静氣淡凝靄。既瞻菁藻性，復結幽蘭佩。師表可相尚，高朋慕良誨。

二通　胸蓄經緯，遇事周通，故曰通。

孫　君　協

君協饒長略，警敏有餘鋭。所遇無全牛，砉然釋膠戾。季良自俠骨，物議焉能噎。年來務潛蹤，養親甘末藝。大音貴希聲，豈復徒嘵嘵。

蔚　應　昌

應昌偉男子，爲龍復爲蛇。排難擬仲連，好俠走朱家。腹中有珠玉，寶樹不輕花。抱技竟何施，生計付桑麻。瑰材夙所仰，矚目赤城霞。

二邁　砥志古人，少年英邁，故曰邁。

孫　君　僑（諱博雅）

山巔産松柏，枝葉已凌漢。衆草多細蕪，誰如此勁幹。十郎美少年，琅琅稱玉冠。讀書志邃古，不與時流漫。灼灼初霞姿，丘壑爲君燦。

鹿　曠　觀

曠觀有奇氣，軒然意不群。博讀究五經，挺節傲前聞。耻隨草木腐，言共蘭茝芬。得奇輒忘食，見賢斯載欣。豈無少年士，畏友獨屬君。

一秀　文彩蔚發，風姿爽秀，故曰秀。

鹿洞觀

藻思羡綺合，風致復琳琅。窮經甘溽暑，披襟吟晚觴。既作席上珍，仍爲松下凉。咏歌可忘倦，砥礪成珪璋。悠悠世間語，一笑付相羊。

四友　藹然之意，穆如之風，可親可友，故曰友。

孫君咸

家風自真素，和氣藹薰人。良友敦夙契，樸懷近古民。詞鋒亦森楚，不與衆競新。養生參内經，揀方濟偶薪。蕭蕭環堵裏，班班耕具陳。

孫君持

武城長公子，清風衆所聞。架書多手澤，家乘富高文。有堂開孝友，客至披白雲。言笑但四壁，終年長苔紋。昨見城東市，持籌染繒裙。

鹿密觀

辭榮愛市隱，君家治劇才。傾吐艷時俊，經營憶舊醅。登堂兄弟樂，入肆友朋陪。玉樹臨風致，金尊度曲裁。奕世清白意，于今任草萊。

耿友竹

羡君少年場，器識自弘足。學琴發清響，愛盡①披古籙。毅氣能兼工，渺懷亦獨躅。或着可喜棋，閑煮市來粟。庭陰夕照間，書聲聞陸續。

二狂　放言甘廢，時自矜許，故曰狂。

鹿静觀

斯人誰其匹，昔有陳元龍。亭亭百尺樓，平吞五岳峰。搦筆捎雲漢，揮手摩蒼穹。比肩招二士，下床拜一翁。雄才逢日宴，豪興寄杯中。

王申之

人言申之謹，如何自謂狂？我牛更我馬，誰虎復誰狼？棱棱七尺影，蕭蕭二字囊。閉户常無曆，出游不姓王。瓶粟足一斗，數日可徜徉。

---

① 盡：疑爲“畫”。

五　言　絶[1]

重過恒陽

古道題詩處，年來凡幾過。恒陽山色在，時事欲如何？

清　風　店

舊店名猶在，今來迥不同。眼看白日黯，無處覓清風。

偶　　占

醉墨堪銷憂，閑亭好問奇。餘酣方未醒，又得數行詩。

---

① 原本“五言絶”三字上有“哀郢”二字。

偶　興

明日城頭市，小奴賣綫回。握中何所有？沽取一杯來。

奠公弼公參墓有感

摩社當時俊，于今半説仙。那堪青草裏，重憶贈君篇。

寄食樓十首

借閑閣，余岳家故居，昔年盛時，余嘗嘯咏于此。甲申以來，余田園占盡，生計蕭條，蓋不足于饔飧之需。彷徨無所，因復分口來依岳家，寄食此閣，日給米二三升，薪量取之，數口之衆，粗足聊生。然而亂離之餘，大家俱困，恒恐不能常給。追維昔日山高水深之意，大不侔矣。兼之西望余舊廬，咫尺地耳，林水依然，竟非我有。一夕，沉吟閣上，四顧傷懷，因誦杜甫“妻子寄他食，園林非昔游”之句，不覺欷嘘泪下，未免有情，亦復誰能遣此？遂更命此閣曰“寄食樓”，即以杜句爲韵，賦成十絶。非敢言詩，聊以志感云爾。

曾記當時地，水樹與雲齊。那堪摇落後，重登携縷妻。

今曩豈殊觀，風景忽復爾。渺渺予心孤，悲來似季子。

有興莫登高，登高爲感易。不見此中人，恍恍反若寄。

乾坤尚摇蕩，何處是吾家。婚姻倘可就，慎莫欲言他。

對景强能賦，憂心已似織。丈夫七尺軀，居然此寄食。

咫尺吾廬隔，含愁那可言？猶悲西來水，曾經繞故園。

鳴蟬尚噪耳，知是故鄉音。長懷方未已，蕭瑟風入林。

河朔載酒處，落日照朱扉。誰知瞬息裏，大半已成非。

微雨自南至，林端烟霧積。山氣豈不佳，人情异夙昔。

沉吟凝望久，輾轉復下樓。有書懷上古，無錢愧舊游。

左　圖

閉户無餘事，探奇興不孤。明窗品清供，旋披博古圖。

右　史

四壁寂無人，深院雀聲喜。枕餘發浩歌，垂簾讀古史。

白溝市逢張玄甫兄弟沽飲

逢君燕市里，濁酒照顔紅。歌泣無人問，蕭蕭起暮風。

漂　母

進飯非爲德，難君至竟漂。千金豈足報？聊此發蕭條。

有蛇在墻角，刃以斷之

吾之卧榻側，豈容爾盤據？雖非斷虎兕，一揮亦快意！

蚓　作　餌

夫蚓，上食膏壤，下飲黄泉，無患無争，莫與比數矣。往見釣魚者取以爲餌，盆蓄數百條，用時，粒粒而斷之，縣鈎上，刳腸燒殼之慘，何以過焉？然則天下伏倚之機，跖壽而顔夭，出于意料之外者，豈趨避之所能豫哉？大樗之木，匠石不顧，安知不可摧爲薪乎？所貴有道者，質任自然，勿爲幾幸焉，則庶幾矣。漆身吞炭，何必爲免禍之因？扣馬運椎，豈遂爲殺身之藉乎？

禍福豈有因，趨避亦徒爾。蠢者未必全，靈者未必死。

暗約友人戲作，時重陽前一日

來日是重陽，看花過草堂。天風休落帽，文酒自盈觴。

七言絶句

迴文詩贈九如

懷君淡水素風高，好句吟來染錦毫。齋上月明春暖夜，諧緣何日醉醇醪。

燈節口號

童叟歡娛歲歲同，後庭歌唱暮烟中。何人獨抱東風恨，愁對寒燈數點紅。

十五光明月有輝，家家燈火趁宵飛。山城獨有思鄉客，兩度春風未得歸。

芍 藥 詩

倚檻一枝紅粉妝，牡丹開後更天香。于今富貴何須羡，又有濃華向草堂。

共泰鄰師杞菊園六月賞菊

賞花偏向無花日，此意此情誰得知。相士失貧馬失瘦，多因錯認未開時。

蕭 穎 士 僕

十年榧楚甘不去，爲愛文元博奥迴。多少主君輕弃士，何如傭僕解憐才。

憶 習 仲

欲效無功近子光，登山邪許水滄浪。懷人眼看秋風起，争奈白雲無定鄉。

中 元 日 詩 (有序)

自余寓三借堂，寂無一人，惟終日踞床閉門而已。忽中元日，有饋白酒一壺者，無與共飲。余乃入齋取床頭書，任手翻之，得《阮嗣宗傳》，大喜曰："得此一位嘉客，足了此一壺酒矣！"乃置芥根一塊、鹽一匙于庭，與相勸酬，極歡而罷。時復有杜子美在旁，余曰："此客昔爲白酒醉死，恐其忌此，不敢强之飲。令之聽詩而已。"

對酒當歌豪興新，與君相值自相親。從今再莫開白眼，此際差無世上人。

一代詩名竟若何，聞余豪飲應狂歌。牛炙白酒不須忌，畢竟如君得味多。

五　言　律

丁亥人日署中登樓懷榆關友人

今春猶作客，此日復登樓。乍覺光風轉，還看霽雪留。餘寒飂望眼，新柏泛香甌。空滿草堂句，誰爲寄鄰侯?

九如兄過署中置酒

開府閑相訪，公衙作草堂。金尊堪話故，玉樹喜鄰芳。吾道誰青眼，春風但醉鄉。意中多少語，悵未卜宵長。

贈賈廣文署祁篆

玉署談經客，琴堂弄鶴年。車聲堪渡虎，塵影欲生蓮。潘掾風流在，陶君詩酒傳。愧無王粲譽，深感蔡邕賢。

賦別九如

一載風塵内，結交獨有君。談天常把臂，异地忽離群。戀戀綈袍贈，悠悠落葉分。嚶鳴如可念，千里自聲聞。

榆關道中贈孝子吕器之，時見州守連六扁字

逆旅榆關道，言過孝子家。營生懷淡水，誦德憶寒花。扁字長官迹，士行鄰里嗟。真情與實事，百姓亦重華。

北還遇亂

四野哀鴻滿，愴惶動客愁。誰悲岐路泣，空作望門投。奉母無安枕，還鄉异昔游。眼前凋落意，都在大刀頭。

故鄉感懷

七尺身同影，千秋是與非。心從亡國憒，泪爲故人揮。書劍飄零盡，山川夢寐依。許多辛苦恨，空逐雨烟歸。

晚過滹沱

飄泊來千里，歸鞍古渡頭。鄉心流水急，望眼片雲浮。尚想滹沱迹，誰懷主簿憂。山城逢日暮，攬轡一興謳。

都門贈客

好俠長安道，青霜鸊鵜花。開尊邀郭解，傾蓋友朱家。展驥知千里，論文富五車。聞名思附尾，意氣重如霞。

夜集孝友堂，同孫君建、耿是經、鹿静觀、孫君咸、孫君協、鹿曠觀、鹿洞觀共于一東韵中各分四字，因得“東、涷、蝀、同”

高齋今夜話，幽興寄墻東。分韵詩成帖，傳觴酒似涷。談鋒飛激電，燭影動長蝀。勝事稱星聚，千秋此會同。

赴應昌社兄約，過北城步中偶成

晨起出門去，到來即北城。圍村春樹緑，拂面午風輕。小憩爲聽鳥，閑游不問程。此中真意在，非但飢驅情。

贈錦屏隱居

古道今誰尚，如君信所稀。青尊生計足，白眼世情違。時得尋幽句，或扃近市扉。毵毵五柳樹，朝慕醉鄉歸。

晚晤玄生于方亭，因留酌，時將言別

逢君因命酌，愛我更論詩。佳話十年勝，高踪千載期。漏深人語静，坐久月華移。留得方亭醉，他鄉雪夜思。

席上贈俞伯掄

玉樹臨風彦，翩翩美少年。閑談驚四座，抵掌妙群賢。盤馬工庾小，吟詩憶謝連。若逢平子見，絶倒緑尊邊。

贈 武 家

將種是才郎，風流遠擅場。雄威連紫塞，俠氣繞青霜。霹靂驚弦響，星雲走檄章。識荆雖未遇，好德自笙簧。

久懷投漆意，何幸托蘭芬。盛德春風座，高名細柳軍。青山開榻迥，緑酒樂賓殷。弟輩瞻先密，能忘感遇文。

祝宋清斯（時夏仲三日）

華祝當朱夏，金尊艷季方。酒浮菖葉緑，丹變荔枝黄。荷瓮薰風細，松亭蘭氣芳。如川獨有祜，騈集年少場。

偶　題

誰家破鏡臺，墻角任塵埋。自分曾鄰玉，何堪但委苔。窗中紅袖影，架上綠雲堆。想像依然在，愁時明月來。

賦贈江使君，公廳小築種花結社

出岫本無心，公廳作竹林。開墀邀韵客，築屋發高吟。花得河陽種，尊傾北海金。登堂不厭數，明府是知音。

朱忠烈挽歌

風鳴枯草摇，寒雨灑空霄。猶以重泉血，還沾彼黍苗。啾啾哭厲鬼，鬱鬱亘前朝。何處無腔笛，吹聲起大招。

柬九符

夢裏關山阻，愁中涕泪遥。思君惟見月，懷古但懸瓢。杳杳魚書隔，翩翩鴻羽飄。世林松柏志，猶得問同招。

贈　友

知君燕趙士，慷慨遂論交。季諾百金重，黄波千頃包。引杯看劍氣，下榻結鷦巢。獨感陳雷意，能令賤漆膠。

代　作

才子試專城，筱驂夾道迎。山光逼賦興，雨意潤花榮。歌暮兒童誦，懷人松竹情。躋堂無限思，安得遂稱觥。

雁塔題名日，欣披珠玉姿。豈知琴鶴意，偏與水山期。落落疏䰄網，僾僾見素絲。瞻依那可別，尺牘慰相思。

夏日雨中集崔映華齋頭小酌，即席賦

霏霏窗雨濕，小酌看庭芳。榴實紅垂樹，苔痕緑蔭墙。酒深觴政緩，爐沸茗杯香。幽興恣清賞，蟬聲送夕凉。

村　居

蕭然村舍寂，林水伴閑居。懷往因臨景，銷憂惟對書。粟艱炊任減，計拙口偏餘。王惠無田意，誰能便得如。

中　秋

終古今宵月，愁人幾度看。幸留尊共影，尚憶水連天。照凝杯盤寂，凉生襟袖單。未知歸去好，空此恧嬋娟。

五言排律

傲雪亭

四其宋君，清名擅俗，雅好高人，乃開傲雪之亭，其時蓋多賢人趾迹焉。今四其已没，嗣君清斯不墮箕裘。余卜居其齋，因得把臂斯亭，遂懷四其君逸致，并炙清斯雅誼，爲詩以記，庶幾斯亭之不朽也。

主人昔好客，對堞乃開亭。翠柏森成列，奇花種滿庭。架書皆古目，袖石有新銘。眉得馬良白，眼逢阮籍青。伊人不可見，勝迹乃猶馨。近與慈明友，忽爲伯玉停。林泉非偶坐，詩酒异偏醒。開字來玄彦，登堂聚德星。求羊分徑草，崔孟訪厨經。琴韵松風爽，茶聲水味令。驚人敲謝句，博説耀揚鈴。聊作鷦鷯借，或思鴻鵠冥。卜鄰常遇翰，避地已忘寧。既似墻東隱，還爲壺内屏。砌芳間可嗅，枝鳥卧堪聽。傲咏消清晝，暇觴沽緑醽。居深心自遠，人杰地仍靈。佳話誰能記，微吟好共聆。

七　言　律

丁亥春日偶題

春雪春晴看不定，閑愁閑悶坐常煩。盧生富貴堪深省，馮婦功名可罷論。對影强能留半臂，觀空咄欲發狂言。從頭屈指誰成事，北海先生有酒尊。

雜　　興

不爲無錢欲送窮，蒼黄生事惹憂忡。春來已覺心先熱，悶裏誰知句轉工。燈火居民仍樂歲，烟霞何地可藏躬。千秋懷抱樓頭月，處處笙歌咽暮風。

雜興一韵四首

雜興詩成漫自書，青尊白帢坐觀虚。千番未肯馴龍性，一鍤長教隨鹿車。羊假虎皮堪浩嘆，人投蛾焰亦欷歔。翩翩影逐冥鴻遠，歸卧東山有敝廬。

前　韵

寂寞春閑强作書，揮毫直欲染空虚。飛雲時送幽人句，僻署誰逢長者車。白水尚能澆傀儡，青杉且可罷欷歔。風塵不礙光天色，旋拭雙瞳認故廬。

前　韵

客心迢遞問鄉書，滿眼春愁付子虚。乍覆乍翻人似掌，鰷來鰷往日如車。蹉跎未冷桑榆志，慷慨誰憐豪士歔。曹弱袁强何足論，南陽高卧自田廬。

前　韵

挂角曾聞讀漢書，揭天豪氣未全虚。吟成梁甫還看劍，貌出齊臣肯御車。不定風霜摧瘦影，誰消骯髒任長歔。陳蕃掃室心猶壯，豈戀蓬蒿是舊廬。

有事都門，過樊延昌儀部，留酌

半生自分托蓬蒿，豈意龍門醉瑾醪。儀鳳君堪輝盛世，登樓我却愧詞曹。馮驩有鋏彈應易，緹女工書上更勞。此日故人情倍好，高懷非止爲綈袍。

借居宋清斯傲雪亭，其中藏鹿静觀書甚富，頗便就讀，而余冗不暇此，感而賦之，兼懷静觀

一椽借榻類鷄鶋，豈意中藏萬卷餘。已嘆虞卿愁載筆，何堪揚子老工書。成龍且漫尋仙字，把酒還期過草廬。亭畔油油春樹影，月明高卧憶君初。

偶寓金容，讀江泰鄰使君德政卷，因題贈

爲愛君侯是孔融，敢隨劉左托麻蓬。千秋意氣尊前榻，百里謳歌膝下風。大度自能容國士，高名豈但震時雄。相依欲問澄清志，却愧登樓賦未工。

贈馮玄生

結客容陽久倦游，春風長鋏醉金甌。師平魯仲仍高蹈，事去田横自不侯。遼落新亭滿眼泪，激昂海國半天愁。思君傾蓋難分袂，下里聊爲十日留。

别玄生還瑕丘

柳花飛盡緑陰天，有客歸與隱興翩。賣賦不堪燕市醉，登樓還憶任城仙。向來肝膽深潭水，此後勳名托贈鞭。東魯斯文如未墜，漫將生事付驢肩。

賦贈江泰鄰使君

文通詞賦舊風流，愛客琴堂消宦愁。有興漫勞著謝屐，無心時一就庾樓。道存魯鹼名尤左，意薄陶粳種未收。莫怪幽人常慕義，此情原在白雲頭。

傲雪亭看花，因眠亭中

主人亭榭好林泉，爲愛看花伴月眠。貰酒但能留客醉，得詩差不費囊錢。松風入檻凉生袂，槐影籠窗晚散烟。有興莫辭連日賞，繇來此地尚稱偏。

歸依親故寄別静觀兼述懷焉

一劍深藏夜吐霞，壯心銷盡鬢邊華。未能包胥存亡國，空自陳平依外家。濁酒不堪愁裏醉，悲歌猶向衆中嘩。贈君獨有鷦鷯賦，風雨連枝尾共遮。

挽公弼公參

自信如兄未可死，如何一病頓雙隤。生花彩夢迷黄土，射虎雄心冷碧苔。稚子繞床終古慟，老親揮泪萬人哀。素車莫遂憑棺哭，腸斷墳頭績酒杯。

秋初寄食樓讀楚詞有感

開窗坐對水限幽，緑樹烟深已罥愁。汩汩波聲疑哀郢，蕭蕭風響更悲秋。楚狂自昔文章古，心緒逢今感慨尤。名士幾人耽此意，可知美酒泛香甌。

泰鄰江老師雅懷，倒屐坐中，烹魚對酌，兼及避地之方，賦贈見志焉

孝然火外并無廬，豈意重逢載後車。下榻敢矜孺子義，拜床深羡德公居。心期問字還沽酒，遇未聞歌已食魚。近日桃源新得路，釣竿荷去洞邊書。

寄王金粟

漂泊年來疏舊游，青蓑何地把漁鈎。空悲對月思玄度，却愧觀鳶憶少游。王謝才名昔勝事，馬牛踪迹此虚舟。故人零落君猶健，尺牘遥題無限愁。

夏日有懷錢歷城昆玉讀禮

昔游無處寄新篇，况是聞君廬墓年。鷄骨王戎應自惜，葛巾陶令共誰傳。于今松菊荒三徑，何地漁樵老一椽？潦倒心期愁正劇，臨風清泪灑冰弦。

賦贈公亮

猿臂曾經射石回，棱棱豪氣劍花開。只因地僻修瓜圃，未信時平展驥才。跨蹇看山餘傀儡，引尊結客遍埏垓。蕭蕭十畝白雲屋，數卷函編手自裁。

寄候南之嗣裔二社丈

二仲分襟一載餘，關山千里斷鄉書。春風每憶加餐句，秋水難尋尺素魚。嚴樂筆情君定妙，曹劉賦骨我應疏。今來舊社渾凋散，一雁憑將問索居。

夏日過馬頭故居有感（二首）

層林依舊覆吾廬，策蹇今過迥異初。雀噪空樓餘斷壘，馬嘶廢圃長荒蘆。攀枝實下征西泪，去國寧殊華表歔。父老牽裳遺戀在，晚烟回首重躊躇。

猶記枌榆結社新，柴門夜犬吠歸人。碧流近繞讀書地，緑樹深圍賣酒鄰。北墅種花驚逝夢，南園分韵憶沾巾。唯餘墻外蕭蕭棘，日暮群兒牧馬屯。

病中得泰鄰師《病餘種竹詩》，賦答

不堪抱病似休文，况復多愁遇使君。有句思蓴秋尚早，無心種竹日常曛。共悲出處還同調，却羡栽培獨異群。何夕蕭蕭明月下，一般瘦影對清芬。

賦送連六補官晋陽，意在過榆關舊游山中也

舊陌蕭蕭野草班，一官强補岫雲間。憐余刻鳳還題鳳，羡爾出山却就山。未冷桐鄉堪結社，重過晋水好聽潺。當年詩稿囊猶滿，此去清齋仔細删。

堂上三老詩

予小子未能廣交天下士也，生不出閭里，而所師事、父事者乃有三翁。以其長也，故謂之“老”，以其遇之親也，故謂之“堂上”。至其中徵君先生，則又爲張、孔二翁所師者。余小子并以“老”稱之，想遂質之海内，當亦不殊余“堂上”之意也。

徵君孫太翁

漫將巢許比先生，道大不妨更去名。子自非魚焉知樂，蕉原無鹿尚須評。富藏川谷虚王意，達仿滄浪任濯情。笑拂松枝青眼便，杖頭指點數峰晴。

于度張内舅

久隨李郭共仙舟，白璧聲名最上頭。不是卅年存鐵骨，那能兩代卓清流。食貧風味惟藜藿，懷古情悰但壑丘。剩有羲皇遺侶在，竹溪嘯傲鎮相求。

養邃孔岳翁

讀書擊劍舊襟期，落落桑榆照鬢絲。同甫經權曾抵掌，子春風節久興悲。卅年裘敝恤貧火，三等食陳待士資。近買扁舟思泛海，不知何路逐鴟夷。

賦贈徵君

羊裘未肯易玄纁，門下康成半刺文。不將鼓鐘還太守，何人師友繼河汾。清琴濁酒高朋興，碧水丹山處士勳。老矣乾坤吾道在，看成松竹自捎雲。

秋初三借堂偶興

庭院秋聲漸覺凉，披蒿早晚耐書窗。直教倚柱貪成字，可不脱褌恁作狂。柳遍蟲文時葉落，羹依法煮自鐺香。游雲莫送催詩雨，一日題詩有幾章。

三借堂閑咏

縰縰清歌起甑塵，梧床狂踞數魚鱗。自從嘗膽頗知味，若再無詩真是貧。婢褥應嘲爲酒卷，室山雅可與琴親。階前流水洋洋爾，聞説衡門樂想真。

雨夜過張四維居，杯酒話故

鷄塒豚阱半紛更，夜雨冲濛訪舊朋。話到奇貧恰欲笑，語侵時事霎堪驚。憐余久買邵平圃，羨爾猶耽仲蔚名。珍重鄉園剪韭意，此心深共酒杯傾。

九日醉中偶咏

世事何須借箸籌，生來惟願醉鄉侯。但教青眼窺鄰瓮，遮莫黄花笑客頭。躡屐登高誰是主，問天覓句我爲儔。蹉跎歲月從如此，一鍤相隨到處留。

甲申三集

四 言 古

丘 中 謡

溽暑未幾，一葉已秋。聽寒蟬之吟，望砌花之笑。新苔依壁而逗緑，野蔓緣屋而敷英。白雲忽往忽來，青山若遠若近。户鮮履迹，座惟水聲。燕污玄篇，蠹深籀篆。咿唔童子，突兀先生。盼一介之少通，隔二親而不見。舉目則亂石礫礫，傾耳則澌雨淋漓。故家故國亂雲邊，秋草秋風山色裏。貫江淹之彩筆，寫恨何年；握宋玉之騷情，悲來獨絶。况且長松一樹，未是孫綽之庭；幽蘭數叢，尚異羅含之宅。飄然幾口，卓爾十峰。命有在天，雖樂莊周之齊物；足不及地，誰能范粲之坐車？誠難爲懷，何以遣此？所貴南陽抱膝，不輟梁父之謡；圯下受書，賴有黄石之録。丘中半卷，固無事于鳴琴；嶺上數章，但相從乎搦管。是所志也，聊遣興云。

一章，章四句

有菁者蔓，于彼鄰墻。不朝而暮，秋風已涼。

二章，章四句

有黄者英，于此古瓦。采而掇之，可以盈把。

三章，章四句

矻矻一廬，閉門造車。誰其試之，于彼康衢。

四章，章四句

悠悠一室，其捶一尺。誰其能竭，利在萬世。

五　言　古

題仇異渥第一樂卷

異渥誠孝養，能得二人歡。椿萱俱八旬，無營夢亦安。鳩杖赴十老，古色照琅玕。濁世雖非昔，此樂庭除寬。爰有孫夫子，覯誼嘉臭蘭。奕奕蝌蚪書，輝煌載卷端。一時孝友士，聞風競咏觀。至性本同有，誰無烏哺丹？我亦欲思齊，殊慚色養難。羡兹至樂懿，怡怡快肺肝。搦筆切登堂，萬壽獻如磐。

山　　居

大地如洪爐，炎蒸不可憩。此山雖匪深，與外略亦閉。自從移居來，食力在講説。童稚從我游，脩脯代租税。當其優暇時，放情較六藝。禮樂本周孔，射御鄙稷羿。學書祖頡籀，九章宗黄帝。班班俱可考，觀鉅亦綜細。經緯韞一身，期之在用世。或值晨暮間，拉朋坐薜荔。所話無近今，洗幢兼濯袂。烏噪深林幽，天晴遠雲髻。歸來卧草堂，緑蕪紛覆砌。豆花開参差，蝸涎走膠戾。床頭一卷書，丹香細點綴。問是何許人，上有淵明系。時復吟數篇，頗覺醒心眦。淡然漾天和，適與萬物際。如此可無求，終老亦何繫。致語路旁人，莫將塵事嘒。

翰鳩下榻茅齋，即事賦贈

山塢孟冬候，荒塗來遠人。入室畢寒燠，笑歌揚素塵。願留十日住，詩書横披陳。得意時忘言，偃仰恣所親。幼子捧盤盂，拙婢職炊薪。日餐不及飽，悠然樂天真。尋僧朝入寺，貰酒夜呼鄰。所話管葛志，尚希無懷民。辛勤而美好，豈復計冬春。但使秋租完，可以沽清醇。

買田雙峰，尚缺一園，托譽之過東鄰爲我營之

巢父買山隱，漢陰抱瓮灌。豈不憚辛勤，所志在游散。我意寄南畝，願言終逋逭。買田雙峰下，可以給宵旦。昨又市耕牛，人力已省半。朝出北山樵，夕歸東厨爨。所少數武園，春韭及秋蒜。村東一掌地，流水相周涣。緣坡數株林，午鋤可消汗。得之種蔬茹，歲饉可無嘆。主人是同儕，不難相助贊。言合豈吝財，事住當染翰。君去道東鄰，好須畢長算。

七　言　古

戊子臘前一日雪，王年伯携尊邀游玉泉寺，題壁

山居已過三時半，獨餘一臘天猶旱。一朝忽值雪紛紛，不覺山川頃刻换。遠崗近巘失青青，萬里晶明光始旦。狂生喜作雪中詩，據案横窗揮素腕。散鹽飛絮何足論，直愛乾坤通入幔。岩前松柏久凌霜，此日方知如玉冠。浩然先生招我游，玉泉高興恣蕭散。携榼提壺趁歲寒，一尊賞遍群峰粲。酡顔醉眼傲朔風，袁安老子真痴漢。我歌我笑天地寬，焉能草木同枯爛。不見玉龍鱗甲正紛飛，磨涷方看予染翰。

久許以醉歌贈含華，時未得暇，含華督索之，因取唐詩“眼前一尊又常満”“心中萬事如等閑”爲起末成篇

眼前一尊又常満，先生高與正衎衎。四坐風生氣盈堂，飛

兕流羽休教緩。焦遂五斗髡一石，當場相遇應納款。伯倫樹幟阮徵兵，振臂一呼君左袒。床頭一壺醒復斟，出門已醉人莫管。田園蕩盡爲陶賓，室如懸磬因稽懶。蜣螂轉糞鴟嚇雛，此輩營營何足算。與我相逢結貧交，丈夫襟懷常坦坦。君但能飲我能狂，詩酒由來稱勝伴。昨許作詩偶未成，君試陽怒謂我誕。我笑磨墨戲作歌，揮毫落紙雲烟散。我詩不輕君酒香，一篇會須直千益。詩魔横發酒兵伏，此語古來良其亶。持此與君君莫慳，心中萬事如等閑。

五言絶

白溝詩(有序)

白溝之爲孔道也，非一日矣。車塵馬足，日夜轇轕，繁華之勝，繼踵新、涿。我内舅于度張先生以東林翹望，祖居中店。公雅意賢豪，日開北海之尊，四方君子聞聲慕義而經斯地者，無不歡然樂交，推食下榻，殆無虚晷。于時聲氣幾半天下，而白溝中店之名益著。嗟哉，誠勝事也！暨自甲申，乾坤傾仄，人心既異于曩時，物象頓殊乎前玩。忽忽爾，蕭蕭爾，欲復睹昔日華繁之盛，豈能得乎？所可幸者，運厄道泰，事謝人存。于度數椽茅屋，杜門却掃，曹子期之去功名，郿曼容之甘貧賤，時乎不與，韞矣何憂？丁亥歲，家君甫離宦塵，荒落無所。余奉來相依，賃屋而居，樵薪而爨，與于度朝夕晤言，共樂衡門之飢，不圖樊中之蓄。此内復有鹿子洞觀，即于度家婿也，清白世裔，詩書道味，契焉成侣，動相招携。于是一室之内，數武之間，話高年，則家君與于度白首交歡，暢幽懷于解組；論少壯，則洞觀暨余青眸對史，發逸興于高歌。相與俯仰一世，無讓古人，不可謂非憔悴中之亨樂也。枕漱之暇，乃即其足迹之所盤桓，宵旦之所游處，繪而成景，各綴以詩。蓋致因人起，物以文名。事取于茅店人迹，不必輞川之築鑿；賞存乎野寺鐘聲，有似虎溪之嘯傲云爾。後之覽者，亦將撫之而興懷乎？

渡頭懷古

白溝河，成祖渡兵處，荆、高遺烈在焉。余與洞觀嘗送客其上。

渺渺一川水，擊楫水流紫。莫浪説白溝，幽人欲白頭。

北閣題詩

閣在中店南，大明萬曆年間造。丁亥秋，余病起，題詩其上，感慨係之。

蕭蕭數行字，莫使風雨磷。得令後來者，知有舊時人。

燈橋閱市

橋在中店，每元宵，居人結燈于闌干兩旁，一望如列炬。于度携余顧而樂之，因題曰“燈橋”，遂常名之。後于度與余每入市貿易，輒在此。

昔日悲歌士，今逐貿易者。相逢市橋頭，但問柴米賈。

禪院藏經

即十方院也，中有《藏經》一部，余時携客游觀焉。

官路聞鐘響，不知梵宇深。客來翻貝葉，始覺是禪林。

物表集賢

物表亭，于度書齋也。劉幼孫先生手題“物表亭”三字。東林如左、魏諸君子皆寄聲氣于此。范陽鹿太常、金容孫徵君嘗下榻咏歌其上。防風茅止生有記并五君三烈詩在焉。近日洞觀讀書其内，余亦有《三老詩》題之。

階前杖履迹，盡是東林士。不見此中人，尚有鹿門子。

留仙沽醉

留仙齋，郭氏酒壚也，主人亦解飲，每每醉歌其中。曾與高薦馨夜集聯句焉。

興來欲何之，相邀留仙處。主人不論錢，不醉莫言去。

菜香著書

菜香齋，余賃居也，曾著有《居諸編》《甲申初集》《二集》，又搜書七十餘種，復事著作。

已無園可窺，下帷奮董子。寥寥半椽居，綸理在經史。

東井烹茶

井在物表亭東數十步，水味爲中店第一，嘗烹茶，輒汲之。

能甘玄淡味，何必第二泉。東園有新汲，可以煮龍團。

將入山，賦别于度、洞觀

非愛廛市好，其中有素心。素心相倚熟，頓使别難禁。

欲去難爲歡，悵望西山際。此山雲萬重，長與紅塵戾。

久抱入山志，况逢山草春。知我看竹意，欲往豈由人。

北風急且凉，試語好我者。爲君剪荆棘，并耕雙峰下。

徐無成勝迹，曾聞田子春。莫道西山僻，羽儀在斯人。

讀《周書·多方序》有感

未泯七王澤，能忘三户心？千秋多士意，流泪到于今。

題綫拐子

欲試絲綸美，須知把柄牢。但看隨手轉，莫問惹心勞。

題石頭作枕

松下曾相偶，床頭又借君。齁齁幾陣過，消盡半山雲。

閑　　咏

寂寥數椽居，中有讀《易》客。終日常不言，坐對前山碧。

口　號

習靜過山家，山中多杏花。時將東舍酒，一玩北川霞。

不須衫履具，相偶過前蕪。山市也成哄，村醪自可沽。

贈道士

一杖千峰雪，雙鳧五岳苔。衣裳雲未盡，新自洞中來。

七　言　絶

丁亥冬日，同孔岳翁、張舅翁、高薦馨及諸友共集雲宿舍。時次日是孔岳翁誕辰，徵君賦詩相贈，因命薦馨出其所藏仙查古銀杯爲壽。杯底鏤詩一絶，遂即其韵賦之，祝兼和焉

蘭芬華祝樂相關，異製銀查出漢灣。試問仙翁能載石，查頭應載大丹還。

同張、孔二老者自渥城還白溝，途中話得“羡楚囚”三字，孔老命足成其韵，驢背口占戲答

驢背朔風話舊游，河山满眼欲生愁。相看面目真堪愧，却爲南冠羡楚囚。

公彝易城寓中貯姬，静觀邀余相訪，未果。忽一日，余有命棹之興，而不知是公彝試期也，戲對静觀口占，寄笑焉

聞君鎮日擁仙娃，未敢偷閑過主家。不是無因愁按劍，恐嫌有意爲看花。

贈壯士王大爲

英風射虎久知名，把臂茅廬意氣横。愧我已深消肉嘆，羡君猶有捉刀情。

贈山翁霍雙泉

一身無繫似焦光，客至春雲興不忙。旋煮山茶撥活火，吹塵向壁示丹方。

咏　羅　虬

羅虬當日太情偏，手刃紅兒血尚鮮。總有新詞一百首，愁魂怨魄詎堪看。

咏鄭旼女（女愛羅隱詩而嫌其貌陋）

絶世清才古所難，佳人何事太痴頑。江郎自有生花夢，豈必蓮花臉上看。

山社栗樹下小酌，主人復持燒猪至，索詩，戲答

愧余不是子瞻才，却羡燒猪君送來。老樹濃陰拚一醉，可勝辛苦獨徘徊。

小婢邀倬父午飯

借得一壺好共斟，論文須及午窗深。山家已爨雕胡飯，莫使樵青再費尋。

久聞趙滎陽所居多松，頗欲一游。適逢其來，因賦此意

聞君居在萬松邊，逸興飛飛幾往還。今日幸逢茅舍裏，可無良約訂雲烟？

題　畫（柳下一漁翁繫船自眠）

一枕清風七里天，柳陰深處繫漁船。只因貪着羲皇夢，不肯羊裘伴帝眠。

山中憶習仲、仲嘉、錦屏、君僑、曠觀諸散人

耕傭書販是情甘，每對青山憶所南。澈底冰霜從不染，于今此調有誰談？

山 農 謡

山農歲計兩般收，半在蠶秋半栗秋。纔報絲租澆賽罷，又看肩竹上園頭。

贈 幕 客

丰姿誰繼髯參軍，緩塵風飄入幕雲。指畫已成經野計，衙回留興欲書裙。

秋日過南旺，留示扶陽郭道翁

數年别後歉登堂，每憶林宗興欲狂。不是此番輕又過，知君種麥正秋忙。

賦寄龍翔

班荆曾晤讀書堂，執手顔寒六月霜。却憶當年載酒地，于今同作黍離鄉。

賦送翰鳩還舍

連宵寒對草窗風，古話蕭蕭夜榻中。此去東陲回首望，白雲應满兩高峰。

觀史有感

雄心未必老烟霞，巨浪無風困海槎。二十餘床金寶簿，何人便許認爲家。

席上題扇頭美人

凝眶背手冷雙鉤，幾度柔情憶未休。問許佳期能湊否，尊前狂客儘風流。

題《潘生踞妙常圖》(一手入裙帶中)

一枝春帶露情濃，嫩蕊輕含欲吐紅。却怪游蜂狂繞樹，玉鬚先透緑苞中。

倚傲齋

聽瀑游來未肯眠，閑登小閣坐談玄。書厨自有白雲護，世事何勞青眼看。

藥囊茶臼是平生，樂隱何消宰相名。一榻南窗酣卧罷，四圍蒼翠正分明。

友天有興欲飲，特訪著誠，使具酌，醉中限“蚨、瓿、敷”爲韵，立成

興來何事問青蚨，自有王弘供緑瓿。醉後欲眠君莫去，高吟還看玉箋敷。

易城懷古（張忠孝）

奉天天子失群雄，河北旌旗閃日紅。却憶當年張節度，全州歸獻大唐功。

五　言　律

寓居白溝偶興，示鹿洞觀

未别烟塵地，蓬門且賃居。貧仍思好客，病不厭攤書。白酒貰恒得，黄粱市有餘。此中堪混迹，何必是樵漁。

丁亥仲冬日，雲宿舍觀石齋詩畫，石齋自題有“空山盡日聞啼鳥，林下何曾見一人”之句，感賦其意

孤標迥異時，尺幅寫心期。能以傷今意，圖爲懷古詩。林深人自遠，山寂鳥恒悲。不盡興思處，蒼蒼烟樹枝。

九日醉中同友人展看紗影畫屏

正遇登高節，還來展畫屏。秋光圍處冷，醉眼望中青。人

影憐花瘦，松枝欺鬢星。酡顔吾輩在，頓覺忘骸形。

冬日携耿是經、鹿洞觀過梁濟生柏亭小集，偶成，二兄步韵

之子避囂塵，城隅剪茨新。數株松帶雪，半畝壁爲鄰。小徑時來客，清尊欲照人。偶游偕勝侶，觴咏自情真。

重過大牛村，宿任霖蒼齋有感

孤村流水地，曾此訪荆高。日月風烟黯，乾坤鞍馬騷。别來幾歲序，嗟去孰英豪。剪燭登床會，猶憐問羽毛。

初晤賈正卿先生夜話感贈

高山幾夢寐，杯酒接清芬。古道風霜歷，衰時臭味殷。誰能草莽士，無負聖明君。莫以今宵話，持將問帛纁。

壽　詩

旭彩麗清筵，雙鳩拄壽仙。蘭葱香昵玉，桃結碧垂烟。共效如山祝，齊歌似椿年。盈盈兩斗酒，春爲二人旋。

菜香齋

掃槿錯朱黄，風生古甑香。坐深時静喜，貧徹却清狂。兒讀新教句，書成舊貯囊。不知真味淡，試與菜根嘗。

春日偶咏

柔欲上楊枝，春烟罥緑池。旋矜風到面，乍覺日禁思。試暖看籬濕，争閑問夢遲。朝來嘗閉户，删就數行詩。

山居

久思離燕處，今始遂山居。童冠生涯樂，林泉高興餘。捫松憩古廟，探杏出烟墟。待話忘機事，寥寥人境疏。

我友曾相問，西山可駐輪。忽聞伐木響，已作采芝人。齒礪石堪漱，詩成興不貧。自能尋鹿好，無事倩龐鄰。

弟子爲满人所撻，杜門懊惱，口號戲慰

可能羞夏楚，莫但恨豺狼。飄瓦何曾忌，虚舟任意將。水深石不恕，氣厚葛堪嘗。虎尚海鷗鳥，况伊未必羊。

偕倬父登山

聞説南峰秀，乘閑一躋登。野花當路發，山色入雲層。蹊曲時通牧，庵空不住僧。倚松良話久，處處晚烟蒸。

同倬父教授山中，賦贈之

伯氏饒玄調，携家遁竹林。對門惟流水，有我是知音。共食詩書澤，言存管樂心。時登南嶺上，昂首一高吟。

山　居

散步烟扉外，泉流正有聲。將余洗耳意，并作娱山情。鳥弄龕前樹，人呼岩畔耕。坐深渾未倦，數盡北晴峰。

携霍雙泉、郝明還游玉泉寺

携友尋幽去，屐雲到玉泉。水聲雜梵響，花霧帶山烟。犬吠僧迎客，人閑鳥哄禪。無生識得否，已覺道心偏。

春日過王譽之園亭獨坐

及此山花爛，園亭好狎過。松將眼色碧，鳥共嘯聲和。頗有雙柑興，其如斗酒何？吟成看黛潤，遠意付修娥。

春日群飲，與譽之獨携一壺上南山對酌

選勝宜耽僻，提壺上小丘。羽飛知客醉，人静覺山幽。遠岫看常潤，低花望更稠。莫言歸去懶，狂拍欲成謳。

賞花次日，王譽之復載酒見招于北山潄酣臺上，爲送花之杯

爲憐春色好，携手復登臺。重將烟霞興，一傾詩酒杯。相迎花似笑，如識鳥猶猜。莫惜連朝醉，年光去不來。

題王方新先生志

仰止披先範，清風肅簡篇。心惟作吏苦，血向墜裘漣。宿草同人眺，馨椒縣譜傳。徘徊千古意，握手嗣君賢。

温定懿妃冢，冢在新安城北六里村。妃，先皇恩母也

翠華何處是，珠鈿落荒丘。温定先皇詔，慈寧故國愁。丹

心應已化，青草爲誰留？滿眼蓬蒿泪，無人奠桂甌。①

咏　史

三騶謀仍壯，十年劍尚縢。無思不故國，有策是中興。龍虎人文價，漁樵山水朋。獨餘獵獵意，抵掌看秋鷹。

山居有感

衆岑何峛崺，有客此離群。契闊談天友，凋零炙轂文。悴榮看砌藥，晴雨辯巒雲。空復一長嘯，離披烟霧紛。

柬復濟生

借枝安樹隱，懷古賴詩徵。百里書猶訊，一時興未能。問樵迷去路，訪舊乏高朋。何日雙鳧并，探奇友老僧。

山中贈人

久竪鷄壇幟，閑從幕府游。知君甘大隱，愧我乏前修。朗月思玄度，才名憶馬周。獨餘十日想，飢渴萬山頭。

① 詩題在清李培祜《保定府志》卷四十三中作“光宗懿妃冢（在新安六里村南，妃姓傅氏）”。“滿眼蓬蒿泪，無人奠桂甌。”《保定府志》作“愧乏椒漿奠，遲遲過道周。”

山　中

寂歷發空心，悠然此境深。茅齋常供易，窟室不聞琴。楚楚看山眼，艱艱濯足吟。無人復往返，静聽曉禽音。

秋　宵

令序當秋夜，澄然露氣凉。既宜看月樹，漸可試螢囊。切切蟲吟砌，泠泠風度窗。静深思苦讀，有句記匡床。

漫　興

坐卧一窗明，蕭蕭風物清。秋蟲常近户，山草不知名。小步携兒往，閑吟計日成。道人新過訪，説盡愛雲情。

信　步

幽意耽來久，秋村信步稀。風高梧墮葉，潦净水生衣。園栗山人稼，墻壺道者薇。更因聽牧唱，贏得暮方歸。

偶　述

莫訝此身貧，書香幸未淪。無求頗得我，有子差强人。不厭烟嵐味，常存風雅倫。床頭千百卷，日日課程新。

中　　元

過樵聊下榻，餐草到中元。一一詢山事，寥寥忘故園。忽因禾黍月，遂感露霜魂。一葉西風裏，誰禁秋思繁。

劉盧二友人携尊過話

廡居索莫久，分暇幸君過。尊酒山家味，高談隱士歌。看題吟壁字，懷古想烟阿。此調堪孤尚，無須和者多。

贈盧肯祥山居爲鄰

入山緣愛竹，得友始成鄰。能以經綸意，潜爲稼圃人。過從不必數，心迹自知真。但話羲皇事，休驚木石民。

即　　事

居違大壑東，每過踏𥕢巃。表路詳高嶺，尋庵指密松。坡田無畎畝，山草有雌雄。聞説虎來往，歸途恒日中。

上　園　詩

山家重四序，無過栗秋忙。春黍宵炊餉，持竿早上莊。看黄緣曲徑，拾落滿深筐。成熟須連剥，石鼯日夜蒼。

同倬父游八大庵三清祠

習静空山裏，分笻道院游。攀藤踏嶺峻，捫磴看花幽。龕供玄玄祖，林生淅淅秋。爲談無上理，茶碗一遲留。

秋夜與耿友梧、耿保汝同榻，因憶子美"夜眠秋共被"之句

落落年來迹，殷勤此夜眠。境逢同調洽，話到古人傳。吟興醒兼夢，生涯笑帶憐。待將搔首意，起去問青天。

夜過抱陽、扶陽郭道翁昆玉既翕軒開尊話故，時余入山也

誰解問柴桑，逢君此命觴。重將剪韭意，一洗入山裝。素月涼秋夕，寒蛩噪晚窗。離離園畔草，猶似認求羊。

山中贈鄰翁

與君稱比屋，真不愧龐鄰。酒向墻頭過，談逢巷口親。山情存古樸，雅意想前民。園菜當秋熟，時時相饋頻。

十四日豫籌十五中秋

忽憶中秋日，山居已半年。貧家歲事簡，僻處客心懸。種麥方看雨，學耕旋買田。厨頭無斗酒，何以答蟬娟。

謀利到州城，中夜自嘲

莫訝逃名客，重爲逐利還。奉親思負米，求富已持鞭。壟智終難恃，桔心未易圓。勞勞半夜夢，誰教不成眠。

盧肯祥移居小莊，集客暖席，坐中賦贈

高調寄柴桑，温居集小莊。預知能作黍，便許直登堂。水果栽來羡，園蔬蓄後香。林泉今有約，還往莫辭忙。

賦贈故賀將軍中虛山居，以紀夢詩相質

居對數峰幽，邵平久罷侯。都將黄金興，閑爲緑野游。赤松仙可學，霸尉醉無憂。剩有烟霞夢，詩成問子猷。

出山省親，回宿許氏齋小酌，因留示許佑之（佑之善飲）

暫憩赴山裝，親情引話長。酒杯先入面，夜月色疑霜。旅夢鷄聲覺，雲心鞭影忙。春風幸有句，留示賀知章。

七　言　律

冬日跨蹇過映華齋頭夜話

瘦影憑憑踏凍沙，山城訪舊剪燈花。州平自悉隆中語，元直何堪馬上嗟。遼落乾坤雙鬢髮，磋跎歲序半烟霞。今宵風月平分處，猶慰深更對煮茶。

孫錦屏十畝園著書賦寄

高調如君不可援，蕭然數畝結茅軒。元卿没草獨留徑，子慎聽經合在門。但有壺觴供日醉，何勞車馬入廬喧。相思擬續高人傳，約到松枝帶雪繁。

丁亥壽孔岳翁養邃

竹素勳名正此時，誰將遠意傲霜枝。崚嶒志壯貞松柏，倜儻高懷納壽祺。白髮幾更桑海變，紫光猶與斗牛期。今朝放鴿堂前祝，矜重鬚眉照酒巵。

送江明府調任新化

曾向荆州乞素盟，瓣香遑計話離情。只欣擲玉烏絲貴，豈意攀輈白髮生。冀北關心桃李樹，湖南叱馭水山程。魂摇此去風流遠，有句應悲斷雁聲。

贈渥城王五修

蕭散奚囊作浪游，逢君俠氣訂千秋。開尊喜共談經會，看劍聊爲卜屋留。磊落丰姿欽國士，激昂心膽感嚶求。從兹知己如相念，振袂風高渥水頭。

病起登白溝閣

一秋卧病倦登高，踏閣今晨野望騷。往事白溝説古渡，寒林黄葉落空濠。舉頭應見西山爽，何日能迴東海濤。瘦骨朔風惆悵處，不堪愁思轉勞勞。

贈陳静甫

多君年少自翩翩，書澤猶能世德傳。隅坐横經親益友，分金刻牘壽藏編。譜中聲臭由來久，燈下珠光此日看。良夜故人真勝會，前途勉矣勸加鞭。

重過南望村，晤耿是經及諸友志感

血痕曾此灑飛霜，劍氣凝寒暗曉光。一世風烟催鬢白，百年肝膽動星芒。深杯豈意今逢醉，高調猶思昔駐鄉。執手諸英欣健在，忍將豪興付滄浪。

亂後逢梁濟生話舊有感

屈指蒼黄海欲塵，故交惜别慟沾巾。遥憐匹馬揮戈日，誰念窮途泣主人。落葉秋聲凡幾度，夕陽尊酒倍相親。只今重續西園醉，猶勝當時訪隱淪。

得習仲詩札見規，深感其意，來韵賦答二首

大隱無須避市塵，隨場坎止信車輪。君公墻畔牛堪儈，仲蔚廬邊草自蓁。銘背曾聞深古誡，抃弦何事睨旁人。鼠肝蟲臂從如此，湖海真慚未忘陳。

箕穎[①]清風遠世塵，蘇章歸去卧樵輪。山中日永宜耽史，林際春深合采蓁。學隱誰甘吴市卒，埋名君自桃源人。玉音愧爾傳空谷，瓊報何時一就陳。

---

① 穎：當作“潁”。

贈　友

氣虹舌電霸詞場，拓落蓬茅幾十霜。筆陣尚能撑墨壘，談鋒猶欲縱文狂。青藍庭訓阿龍著，源本�院傳溯蔓長。匕首淬成常傳藥，堤防藝門刺班揚。

入山口號

行李一肩經半囊，纔尋蹊路便疏狂。山花已笑投林晚，野客休嘲策蹇忙。茅屋風光如舊識，嶺雲生計衹親嘗。從今試語峰頭老，再有題詩定姓王。

王礐之春日宴客，因携酒南園杏樹下，席地盡歡

南園紅紫正當春，隨意招携盡德鄰。席地壺觴看布置，分曹主客自均匀。花枝欲折先須品，酒味將酣更覺醇。愛賞渾忘人意倦，明朝猶擬陟嶙峋。

山中喜仲嘉、薪生二山人至

春山烟靄正清和，李郭柴門喜見過。按轡不妨松徑遠，衝雲已覺道心多。幾人于此開青眼，今日逢君披緑蘿。斗酒西鄰能供醉，再來猶擬倒層阿。

蓊生約復過我，余先期出門，留詩俟之

元直當來就我談，我因何事出春嵐。閉門敢似蘇家傲，作黍慚無龐室啖。倘能高卧獨留榻，遇有名題早拭龕。此去及旋不十日，回時往往問飼蠶。

洛汪澱駐蹕臺，文皇南征，曾有周姓者進壺漿于此，後其人從軍有功。今臺没于水，在新安城東

一灣菁藻問風餘，舊是文皇駐蹕墟。鞍馬曾聞説麥飯，風雲誰憶似巾車。千年勝迹應懷古，十里清波久化魚。今日重來訪逸老，可堪感慨立躊躇。

步　韵

江畔何人怨落花，東風似惜斂餘霞。青驄欲試長堤遠，赤烏難回短晷斜。火烈昆崗誰護玉，烟飛榆塞盡聽笳。相思南國空魂夢，桃葉疇能更化家。

豪氣何須但倚樓，丈夫心事自千秋。南陽尚有伏龍卧，河北誰云海鳥收。濯酒曾聞堪傲物，烹鷄未可誤函牛。高鴻志欲凌霄漢，且莫輟耕嘆隴頭。

無　題

鳥啼花落鬢霜鮮，忍對春秋巢燕眠。王猛入山原失計，桓温拜墓是何年。鋼經百煉方知勁，智不千迴莫認圓。從此唾壺擊碎後，敢忘納履師遺編。

偶　興

抱瓮衡茅賦索居，十峰蒼翠半笻餘。因耽幽勝頻尋寺，自愛深思日著書。心事豈能沾地絮，世情應有閉門車。向平婚嫁休完早，留着山人細味蔬。

游廣福寺題壁

蕭索一囊久卧廬，扶笻又得過僧居。心緣地僻山增韵，意爲人閑水自如。閲世已知空半偈，觀生合此悟全車。翳然林澗將歸處，鳥奏蟬弦亦太初。

賦贈廣福寺定山上人

出塵久羡梵宫幽，况是相逢惠遠游。漫道琵琶須妙指，且貪林水穎間愁。虎溪送客曾三笑，蓮社成盟自一流。何日重將金磬響，唤來明月上峰頭。

愛昔坡仙從佛印，今師有我恰相求。林非甚僻頗能静，空不痴談自覺幽。覆砌松陰常一日，添茶梅子過三甌。再來許有燒猪否，學士禪心在筌筷。

賦寄許宗虞

君是王官谷裏人，策藤披霍幾經旬。衹緣有守諸生累，遂覺無驢處士貧。玄度襟懷應見月，子猷風雪漫勞神。西陵南畝工方竣，却擬桃源數問津。

山中懷静觀

上床豪氣詎能平，咄咄興懷魂礧生。不是埋名學市隱，何堪掉舌代躬耕。當年我似陳同甫，此日人誰徐介卿。却望濡陽百里外，劍光墨暈一時横。

懷 習 仲

平生管樂幾人如，念子瀟瀟風雨廬。數口應煩十畝計，兩年僅得一行書。共傳也嗣河汾業，爲問誰當將相譽。同在山中相去遠，白雲青鳥各躊躇。

懷 薦 馨

依依曾向草堂深，醉墨清談間史林。有坐便能成小咏，無錢不解號書淫。集中蘭譜高人傳，袖裏石兄癖士心。此後相思山塢遠，可堪獨發聽嚶吟。

山中寄懷于度舅，兼呈洞觀

罷講茅亭幾月餘，謀山謀野并蘧廬。嫠不恤緯誰云妄，鷄止函酸我任疏。莫助清風能勿夢，自知近況可無書。空岩賴有龍川論，恰似尊前抵掌初。

夏日山居即事

漫言鷄黍屬山家，到此經春客但茶。除數東崗田種豆，便矜北國栗開花。猪肝未可行嘗貰，菘菜還須秋末嘉。倘遇茅君學道侶，玉杯只好饌胡麻。

寄懷北城諸友

金容貰酒細論文，記是從春到夏分。豈料輕離成遠隔，遂令要語袛遥聞。愁來松下三秋句，消處峰頭數寸雲。傳致便鴻須寄訊，空山端的少諸君。

寄懷君僑

屐折心談夜欲鷄，珠光玉氣照顏霎。浪仙吟忘公卿貴，亭伯文驚班傅齊。性未半馴君野鶴，蹤無一定我浮鷖。相思幽夢憑誰取，凉露孤松月正栖。

寄候五修奮學

折節聞君志古儒，憐余落落遠難俱。心依白鹿先生業，路阻青毛處士符。觀世音經應念熟，一弦琴譜可精無？高懷自會吟風月，光霽還思兩地娱。

寄懷渥城諸同志，即呈徵君

皎皎扶風帳下賢，猶能此地志歌弦。雨暘不廢敦詩會，伏臘常修養老筵。觀魯何曾無季子，存周或者是麟編。思君非作空相憶，古道于今未曠然。

龍村漢壽亭侯祠

泣把丹心問古今，君侯烈烈獨堪欽。神馳故主生兼死，義别阿瞞印共金。欲笑忠魂留漢祚，無成天命惜人禽。山民香火年年臘，空谷誰思繼足音。

詩寄諸同人，復作長想

一行詩是向時心，寄後翻令思轉深。纔見孤雲隨去雁，却愁雙鯉滯來禽。夏蟲冰自難恒語，野老席當誰共尋。從此奚囊封外草，可勝日日百回吟。

聞山人有欲邀我看山者，詩以訊之

誰可青山作主人，擬將芒屩遍嶙峋。看松聞説生高興，燒笋何妨及好晨。幽鳥谷中應唤侶，碧莎石上久成茵。酒杯茶碗不須供，一枕溪聲已避秦。

初秋過雙峰草堂謀居

卜宅青山是夙因，况逢籬落候初新。豆花憑樹結成架，瓜蔓緣墻長入鄰。灌圃流泉穿巷過，肥牛細草到天匀。生涯十畝非難計，谷口何妨栖子真。

七夕日過許宗虞、許遇之園齋即事

久羡柴桑未得過，褰裳今始晤烟蘿。青松有約兼佳節，碧砌無塵况酒螺。案上試瓜常五色，窗中看岫似雙娥。夕陽談麈歸思緩，潦倒山人叢桂歌。

賦贈王將軍山居小酌（君號任重）

誰向青門問故侯，嵐光草色自新秋。居鄰修竹山常韵，户繞流泉巷更幽。屐齒苔痕元亮迹，杯唇杏味德公謀。匣中寶劍今何用，却話從前已買牛。

散　述

買瓢市衲辦閑身，賴此猶存烏角巾。琴有精心難下指，書無副本未傳人。東明峰畔秫堪釀，素女螺中餉不貧。杖履懶從人境處，行蹤常及虎蹤新。

游　山

尋山整日不辭貪，屐齒雲分千嶺嵐。老衲留賓能作饌，小童拾果慣挑籃。穿林覓路驚岩鳥，登頂呼人恐窟虤。散步歸來何所憶，摩空白壁墨光酣。

秋日晨起述懷

良夜愁眠悔起遲，振衣豪夢尚絲絲。半生未似東西水，一世誰爲大小兒。撫枕鷄聲催舞影，衝星劍氣抱寒霓。霜空嘹唳聞新雁，驚動秋風萬斛思。

九　日

纔過種麥半年忙，又對看花九日觴。帽是孟公容易落，酒逢陶令自然香。秋山遠色宜紅葉，旅雁寒聲動夕陽。欲遂登高無好伴，强因題句解奚囊。

贈　牛

數年生計在歸耕，得爾真諧十畝情。隴上可無輟來嘆，山前准擬挂書行。高岡細草君須力，短笛長歌我自横。寧戚于今輕相國，何愁無伴共柴荆。

秋忙因看麥偶興，步到洪源宫

看山合是此生緣，興到何妨杖履便。暫掃松陰消倦汗，旋呼茶碗漱乾咽。籬旁高下石泉響，屋角青黄山柿鮮。忙裹未遑深眺覽，古碑讀罷記先年。

贈洪源宫霍煉師

白髮黄冠學野仙，餐松煮术不知年。養成文武無烟火，歷盡陰晴靡定天。石榻曾留高士憩，雲根常伴孤猿眠。重來相訪復何事，擬説函關上下篇。

冬日柔之弟自鄉來，因同友天表兄過嶺南訪鵑化、德普二表兄，兼晤賀中虚、夏六飛，并携敬止、爾止二表侄飯餘夜話

日艷峰頭不覺寒，趁閑訪伴出林端。無多山路雙鳧便，稀見親情一餉歡。老幼爲朋兼笑謔，弟兄作客更和安。山農家計

饒相似，喜話挑燈到夜闌。

山　情

白雲留住頓忘歸，盡日攤書坐翠微。一載續成招隱賦，四時裁就在山衣。奚囊蘿徑樵夫識，塵尾松風羽客圍。却笑當年角里老，强爲帝子説從違。

絶　糧

尼父何緣又在陳，兒童久報甑生塵。送窮韓愈因文劇，乞食陶潛爲客貧。未事弦歌曾五斗，總談堯舜也三旬。寄言當日赤松子，此際重來辟穀人。

王鱗之自郡頭來見，過陋室，空坐無以爲款，書此道意

鷄酒何須嘲紫陽，山人有客恨徒忙。過門并少茅容具，入座空沾荀令香。已分白雲不可贈，却疑淡水詎堪嘗。獨餘半卷揚雄草，擬向玄亭一話長。

夏六飛見訪，兼贈余以詩，他日賦答

擬續西唐愧未如，幽人何事問清虚。錯刀有贈流雲句，玉案將酬刻葉書。已愛蓬窗添話麈，空慚芸簡覓仙魚。相逢再莫

輕辭醉，預訂黃公貰酒壚。

余教授山中，友人司貞百爲巡檢，夜集倚傲齋飲因贈

山亭雅集話焚枯，吏隱書傭調未孤。愧我久專白鹿洞，羨君新就步兵厨。坐深明燭看頻續，興劇流觴聽屢呼。試問德星曾聚否，良朋今夜足歡娛。

壽惠迪王年伯山居煉藥，公復精堪[①]輿

弘景年來眼欲方，松園看種藥苗長。尊中石髓真人餌，間上芸編世德芳。鳩杖逍遥持綠玉，鶴衫肅爽映黃囊。茯苓白蜜渾常事，好駐丹顏對壽觴。

---

① 堪：當作“勘”。

七言排律

山居即事

丘壑天然興共生，全憑杖履試頗平。尋松遠過崎嶇頂，步澗遥聞滴瀝聲。到處小橋石徑轉，披來曲磴薜衣輕。峰頭黛色千秋賞，洞口白猿一世盟。樵客無心常導引，山翁留話也經營。茆茨賦裹歌堪續，種果囊中子旋盛。嘗草每能通藥性，觀雲雅可卜天晴。漫游康樂名原横，嘿隱公和嘯自錚。柴擔市來差佐沽，角書挂去鎮娱情。不聽梁燕隨人語，那管階螻出潦争。此日有懷聊獨往，何宵見月不同明。桃源諸事皆稱羡，更羡從無魏晉名。

詩　　餘

聲聲令　秋懷

凉飙徂暑，翠葉驚秋。鵾鷄啁哳草窗幽。山螢何事，星點點，墮墻頭。觸花稍，欲去還留。　　月下蕭騷。無限也，凝雙眸。望雲心計幾多愁。高峰無數，終宵裏，挂銀鈎。漫思量，簾捲西樓。

補　　遺

題濟南大明湖吕祖廟[①]

此泉曾飲胡兒馬，未識先生記得不？背後青鋒肯解我，定教血染大明湖。

著　亭　詩[②]

晚日射波菱荇紫，晴霞带郭竹松青。功名千載知誰問，且爲一杯著此亭。

左　園　詩[③]

瀛城西面駐風光，負郭園林似带涼[④]。晝閣峻嶒臨近堞，芳叢蓊鬱映深隍。玲瓏石壁青絲繞，爛漫花塍紫霧裝。柏砌翠陰棋座穩，蘿棚疏影茗鐺香。馬嘶春色歸莎[⑤]徑，雀[⑥]唶秋聲在葦塘。看竹客來偏愛主，題蕉興到欲呼觴。知章沽酒游常便，大

---

① 王杰、張金超編：《田桐集》，第392頁，華中師範大學出版社，2011年。

② ［清］王餘佑：《五公山人集》，卷十六·題跋，三頁，康熙三十四年（1695）枕釣斋刻本。

③ ［清］陳夢雷編纂：《古今圖書集成》，方輿彙編·職方典·第九十一卷河間府部，第七册四十七頁。另：［康熙］《河間府志》標題下有序：“在府西門外，近濠左會元公子印全園也。公子春日宴客，因賦此。”

④ “涼”［光绪］《畿輔通志》作“長”。

⑤ “莎”［光绪］《畿輔通志》作“沙”。

⑥ “雀”［光绪］《畿輔通志》作“雁”。

令肩輿入不妨。梓澤繁華非可羡，平泉恬淡自堪藏。東君雅意能留飲，四季頻尋醉月廊。

過瀛吊高斗南先生①

天運同逝水，孤忠難奏功。廿年江海上，悲歌動秋風。浩氣凌霜白，血泪灑杯紅。嘆息此人去，蕭條燕趙空。

清明同駿章赴振之約，小集途中作②

春郊微雨點沙塍，并轡東林訪友情。文酒准期十日醉，燭烟漫計五侯榮。橋頭弱柳垂如線，岸上遥堤曲似城。多少華筵吟此會，風光争比野懷情。

自　題　詩③

茅齋講書罷，執杖臨前湄。驅驢就茂草，坐石讀古詞。好鳥時來語，聽之頓忘疲。

---

① 《高氏家譜》。

② 《高氏家譜》。

③ ［清］王餘佑：《乾坤大略》，《總序》，定州王氏謙德堂刻畿輔叢書本，光緒五年（1879）刻本。

絶　命　詩[①]

一天雷電收風雨，欲使乾坤暗裏行。尚有高靈護殘喘，争留面目見諸生。

秋日孔將軍籌幄燕集，豫約孫給諫携琴早至，同白吏部聽吕明府彈。時在座者爲張季超、楊截庵兩廣文，劉鹿邑轡五、賈孝廉子才[②]

籌幄清閑華宴開，豫約仙客抱琴來。博山香爇烟凝霧，焦尾弦調響隱雷。座塵徐揮簾影護，觥醪満泛管聲催。銀燈聽徹回風曲，更欲新腔按譜裁。

步李顒若白桂花韵[③]

姮娥敲碎玉，飛屑作秋芳。粟落疑殘霰，苞開呈淡妝。香沾裙带練，寒冒月宫霜。插鬢同嬌面，披幃傲粉郎。

---

① ［清］冯辰撰、惲鶴生订：《恕谷先生年譜》，卷一，二十八頁，畿輔叢書，定州王氏謙德堂校刊本。

② 録自網上所拍賣的王餘佑手卷。

③ 録自網上所拍賣的王餘佑手卷。

孔岳翁八壽詩（有序）①

翁諱心學，字養邃，號抱一，別號空空居士，爲江村鹿忠節公高足。忠節公見其意言高邁，甚器重之。翁每于衆中發一語，忠節必注目傾聽，知其不同于衆也。容城徵君孫老師素相推許，期以濟時之幹，于《取節録》中載翁智略，海内傳之。今年八旬矣。余幼叨東床，自有室後，即從翁講讀，凡所指授，無不心契。大難以來，同屏迹于野，宴如也。仲冬十有三日，爲翁華祝之辰，不揣固陋，固列序翁生平大節八事爲八壽詩，登之緗縑，以志庭幃之歡。時翁猶子公毅協鎮河間，迎翁闔眷于府中，朝夕省侍，頗稱聚樂。是日也，鼓吹一堂，少長咸集，家燕衎衎，亦盛事也。遂書之，以爲同志告。儻蒙珠玉惠投，不吝蠶素，請什襲篋笥，付之梨棗，借光不朽矣。

一甘恬逸　翁當甲申國變，時年五十餘，精力尚健，文章爲士類模楷，即脱弃一衿，裹足不履公堂矣。二十餘年野服竹杖，逍遥田廬，不減北窗高卧風期也。

往事難具陳，一心灰獨冷。禽慶與蘇章，異事義猶耿。儒衫易薜衣，食貧依鄉井。園蔬可娱賓，蝸廬自庇影。紀唐總有爲，吾志不願騁。

一勤誦讀　翁壯歲從游江村，閉門攻業，于書無所不窺。嘗夜分不寐，絶宴游之歡，不啻仲舒之窺園也。是以業獨奥于

---

① ［清］张丙嘉：《續修新城縣志》，卷八，九十六頁，光緒二十一年（1895）刻本。

士林，人咸推之。

氣自豪一世，勤渠詎後人。既仰扶風峻，寧辭康成辛。膏明風雨夜，萬卷供陶甄。户擁三冬雪，迹斷六街塵。至今良皓首，不廢哦松鱗。

一行端方　翁性不樂媟嫚，與眷兄張處士于度步趨，衣冠皆有制度約法，非禮義之場不留屐迹，慆慢之朋望而斂氣，如邪經者之畏彦方也。

庭内若朝典，昔達秉端嚴。老成有夙契，坊表共帷幨。非禮自不動，是道何曾瀸。雲鶴想邴原，人龍憶宋纖。屹然流俗砥，群賢恒具瞻。

一長權略　翁表留心經濟，明體用之理，指掌事務皆鑿鑿有據，慕陳同甫之爲人，往往料當世事皆奇中，一時，負幹略村知名文武士皆拜床下，咨籌策焉。

識時在俊杰，抱膝異長閑。機務當麇至，應變如轉環。談笑吐壯猷，袖手弄白鵬。魯連豈獨海，田疇非虚山。浩氣矚高旻，瀏覽空人寰。

一喜賓客　翁家居座客恒滿，海内英俊無不聞風接納，歸安茅止生常借閣著書，其鄉道南大宅，猶想風烈，其車輒①馬迹日無虚晷，曾無樽空之嘆。

霸主積于士，仲父有微言。高流富倜儻，豈吝孟公尊。停車邀朱亥，釀酒醉文園。英賢著奇策，至今懸國門。海宇散毫②達，猶説里巷喧。

---

①　輒：疑爲“轍”。

②　毫：疑爲“豪”。

一輕金錢　翁好與人共緩急，一言之諾，千金不惜。凡親故假貸及周恤贈遺者不可勝數，總無償，不計也，馮煖之券焚者屢矣。

世好崇賦賕，文淵嗤鄙吝。丈夫意氣高，金錢等土墐。牽船贈建封，指囷留公瑾。寧使橐無餘，不忍王孫擯。此風久矣稀，賢豪誰能賑？

一精理學　翁讀書頗多，尤于《易》理有深悟，每以《易》貫串六經諸史，全體大用不離天人之解，嘗誦“讀書觀大意”之語，躍然會心。所著書箋六十餘策，與尋常大異，讀者罕能通曉，翁自摘示，始知有關至極，非書生家言。

大道本天人，六經貫諸史。俗儒不知變，坐昧淵源理。孔聖實通儒，萬端各一指。微言涵有象，奧義歸無始。箋成自神會，群論皆糠秕。

一安簡約　翁平居溫厚，一旦產落蕭條，絶無願外想，度體製衣，量口給餐，絲毫皆有成算。以安淡泊之遇。吟哦不廢，髦期愈篤，所謂環堵而歌，先生蓋不殊焉。

豚肩不掩豆，一裘三十年。齊相崇節嗇，衣食非自便。躬約惠可施，流細道能綿。松术量口進，蘿芰度形禪。斯意足千古，豈止了粥饘。

從徵君老師登嘯臺①

荒臺寂寞久成陳，終古誰堪接踵人。杖履此來端紀勝，林

① ［乾隆］《輝縣志·藝文志》。

泉雖舊總起塵。在山有咏應鸞鳳，與世無求合早淪。寄語阮嵇當日伴，蘇門高調又重新。

五公山人洞中眠[①]

着意看山醉懶回，鋪雲蓋霧卧崔嵬。朝來睡足三竿日，更起題詩點碧苔。

次韵侯光岵登山游詩[②]

釜山高處敞柴扉，幾度登臨憶昔暉。羽客若知游客意，肯教空袖白雲歸。

侯光岵原玉：

去年摇麈話岩扉，花雨茶烟靄落暉。今日簫雲携勝友，莫教題字倚松歸。

釜山途中聯詩[③]

迤邐舊龕石磴穩，蘢葱新柏翠陰匀。（郝参甫）登登直上峰頭去，指點千畦列綉茵。（王餘佑）

---

① 録自伊祁山摩崖石刻。

② ［清］王餘佑《五公山人集》，卷十《登山游詩紀》，一頁，康熙三十四年（1695）枕釣斎刻本。

③ 《五公山人集》，卷十《登山游詩紀》，二頁。

釜山岳廟左題[①]

帝馭龍升久，合符尚有山。萬年人氣肅，百里甸烟環。古樹村村聚，春雲片片閑。弓裘何處是，尊酒酹苔斑。

自題《此書》[②]

十二陵荒烟草餘，幾人著眼看皇輿。滴殘脛血緣何事？畫遍爐灰是此書。龍虎韜雄傾峽水，江山策定閉户車。王雲未改天心鞏，肯使隆中計略疏。

殘　句

灰畫何年計得成。

藤床恰好暑窗移。[③]

午窗幾陣雷鳴起，更染霜毫寫道經。

此地豈容塵客到，就中或許野夫譚。[④]

奕棋世事輸先著，燕幕身謀誤後生。[⑤]

---

① 《五公山人集》，卷十《登山游詩紀》，三頁。

② 山西省地方志辦公室編：《山西民初散記・罪案》，第 359 頁，山西人民出版社，2014 年。

③ ［清］閻中寬：《芸暉堂詩集》，卷四，十七頁，康熙五十八年（1719）刻本。

④ ［乾隆］《河間縣志》，卷六，六十一頁，王餘佑《愛竹軒記》。

⑤ 《恕谷後集》，卷七，《劉君來獻墓志銘》。

题赠唱和

憶王申之、孫備九、王譽之三子[1]

清　孫奇逢

一從陵谷遷，到處未安席。顔已全非朱，貧仍如是赤。平時徒自盟，此日竟無獲。遥憶我同人，夢魂正旦夕。

二士吟，貽馬習仲、王申之[2]

清　孫奇逢

途窮悲萬里，智困氣彌張。英杰未遇時，今古鬱相望。二仲我知之，心期未可量。偉略雄儔伍，清襟妙辭章。十年匣底劍，雙刃礪風霜。割鷄將焉用，淬成百煉鋼。劍合在一朝，鵬飛任徜徉。我有二字訣，耐心似微長。今日持贈君，鄭重莫遺忘。

---

① ［清］孫奇逢：《孫徵君日譜録存》，卷三，十二頁，光緒十一年（1885）刻本。

② ［清］孫奇逢：《夏峰先生集》，卷十三，六頁，道光二十五年（1845）大梁書院刻本。

夜携王申之、趙廉右、仇異渥、王五修暨博兒過高薦馨泛宅，偶得“酒壚剛喜近西家”句，因足成之[①]

清　孫奇逢

酒壚剛喜近西家，小坐遲沽燭影斜。匕箸聲催詩有料，尊罍光映筆生花。家貧學杜乏兼味，心素依陶餘破紗。此際占星曾聚否，浦堂豪氣已如霞。

寄懷王申之[②]

清　杜越

春晴窗四虛，抱膝意何如？莫以人群鶴，而歌幸舍魚。蘭亭君自譜，楷法我非初。（委跋尊兄翼之遺筆）一覽千秋色，相携或起予。

---

① ［清］孫奇逢：《夏峰先生集》，第 475 頁，中華書局，2004 年。

② ［清］杜越：《紫峰集》，卷二，四庫存目補編中國科學院圖書館藏清康熙刻本。

自渥水訪申之高陽里塾[1]

清　杜越

其　一

相憶在初夏，旋尋紅蓼洲。因人那可熱，志士定悲秋。指目乖青眼，掀髯易白頭。更休談劍氣，筆下看龍游。

其　二

自闕雙�色，中宵激羽聲。儈牛嗤道污，市駿復臺傾。帳下横經古，溪門倚棹明。高陽春（酒名）正滿，還問幾狂生？

寄懷王介祺山居[2]

清　孫望雅

雲樹重重翠色連，羡君高卧五峰巔。山深時結漁樵侣，性僻惟躭鹿豕緣。石澗花開携酒坐，茅檐月落枕書眠。故人遥作屋梁思，頻讀南窗秋水篇。

① 《紫峰集》，卷三。

② ［清］孫望雅：《得閑人集二卷》，詩上，十八頁，四庫未收書輯刊康熙間刻本。

無　　題①

清　王源

宇宙久凌替，大道胥淪亡。儒生事訓詁，文士專詞章。豈乏賢俊才，無關于廢興。宋儒談性命，高視漢與唐。静坐觀道妙，無乃迷禪宗。讀書浩無涯，終歸章句功。不習射御數，不知水火工。謂此形下粗，吾乃掇其英。顧以經世事，甘心讓豪雄。咄哉孔孟傳，二帝兼三王。規模甚宏達，體用何精强。不得施于世，著書坐典型。豈徒在呫畢，遂以稱儒風。我本駑下資，兼之所遇窮。力學苦不早，求道終無從。却慕伊吕績，嘗嗤朱陸訌。魚游或在淵，九皋聽鶴鳴。井渫可用汲，修綆無羸瓶。自與李子交，炳然見周行。風雷還相薄，山澤原相通。李子生蠡吾，懿訓本家承。師傳得絶學，一洗群言空。三物以爲緯，四教以爲經。不言達性天，下學德乃崇。不格學外物，博文約在躬。即此爲修齊，即此造平成。乾坤劃開豁，日月森精鋩。俯仰千古间，儒術何夢夢。良苗被往路，宿霧披荒垌。滑滑隴頭泥，嘤嘤草根蟲。蕭然茅屋下，歡笑溢形容。爲我傾秫酒，爲我調醯羹。懷抱兩男兒，左右三弟兄。高歌見懷葛，秩秩何雍雍。示我床頭書，閣部及五公（家藏孫高陽、王五公經世書，出以示余）。壁上列山川，樽前擺蛇龍。兵農禮樂具，一一傾囊中。何須嘆命衰，惟期勉冰兢。更訪顔八里，枳落遮頹墻。鶴

---

① ［清］戴望：《顔氏學記十卷》，卷七，七頁，光緒二十年（1894）龍山白岩書院刻本。詩題爲編者加。

息霜羽高，虎伏龍紋張。黄石曳素履，龐公偃匡床。乃知李子學，江海源流長。昔我同志友，劉君號繼莊。其才跨數代，其學穷羲皇。自從繼莊殁，獨行嘆茕茕。于今得李子，枯藤依長松。枯藤無榮華，長松長茯苓。願得扶持力，矯矯凌蒼穹。遠行難久留，欲别涕沾膺。臨歧復徘徊，握手還丁寧。贈我以四語，皇皇金石盟。乾惕悚身心，大道須揚明。求才濟世運，寬舒養元精。再拜受君言，勒爲肺腑銘。努力各自愛，無爲負餘齡。千秋以爲期，皎日陳丹衷。

夜思五公先生①

清　李塨

誰舒天地之大文，先生竟爾騎白雲。天地何不智，使君日月光不麗。山川何不仁，使君草木空呻吟。雲高南斗聾，唧唧何處蛩。泪下如霰不可掃，馬奔輪轉心恍恍。

憶申之王先生隱居②

清　李興祖

栖遁衡門事事幽，忘機魚鳥日彝猶。園堆怪石留雲住，岩涌清泉带月留。寫就鵝群堪一醉，賦成鸚鵡足千秋。意中林壑

---

① ［清］李塨：《恕谷詩集》，上卷，一頁，1923年四存學會刊本。

② ［清］李興祖：《課慎堂詩集》，卷之二《鬲津草》，十九頁，康熙三十二年（1693）銀城李氏刻本。

應相待，莫遮籃輿得共游。

寄申之王先生[①]

清　李興祖

門掩松筠境最幽，檢書燒燭幾春秋。頻將詩送長年恨，肯使杯空鎮日愁。問字人來皆屈宋，坐花客到半應劉。君家不亞山陰道，乘興還憑雪夜舟。

夏日同申之王先生過周浚明宅下榻[②]

清　李興祖

爲愛濂溪舊講堂，清池綠樹碧筒香。能來結隱墻東客，不厭交歡鄴下狂。憂喜無關從失馬，張弛有主任驅羊。飄然乘興堪終夕，剪燭花陰坐夜長。

呈申之王先生[③]

清　李興祖

芰荷香撲振衣時，樹幟騷壇獨拾遺。曾識芳洲攘夕秀，還聞茂苑折春枝。風塵眼底成千里，兄弟天涯共一卮。奇字異書

① 《課慎堂詩集》，卷之二《鬲津草》，二十一頁。

② 《課慎堂詩集》，卷之五《耕露草》，一頁。

③ 《課慎堂詩集》，卷之五《耕露草》，一頁。

煩指授，斯文重幸起衰靡。

同申之王先生暨公遴、官黃登法華岩訪一心上人[①]

清　李興祖

層巒叠嶂路頻分，選勝仍須隱遁群。嵌穴幽花深窈窕，栖雲古洞杳氤氳。僧如惠遠龍生鉢，客似陳思鳳吐文。到此宦情偏覺冷，枕流漱石謝塵氛。

游清虚觀和五公先生韵[②]

清　李興祖

數載心期快此行，聯鑣紆曲歷峥嶸。游人自選幽閑地，不俟山靈戴帽迎。

贈復陽錬師用五公先生《游清虚觀》韵[③]

清　李興祖

閑來携杖過清虚，水繞山環紫府居。静倚高松看鶴睡，空青積翠滿衣裾。

---

① 《課慎堂詩集》，卷之五《耕露草》，二頁。

② 《課慎堂詩集》，卷之五《耕露草》，五頁。

③ 《課慎堂詩集》，卷之五《耕露草》，五頁。

送五公先生暨鄧公遴先歸[①]

清　李興祖

連朝杖履快從游，説到分携不少留。後夜月明應悵望，清樽獨把幾懸眸。

重陽前一日憶五公先生[②]

清　李興祖

高秋飛急雨，短榻怯凄風。石徑新苔合，松窗舊業空。典型徒有夢，操切愧無功。飛翰遥相示，如親杖履同。

和五公先生《小齋即事》韵[③]

清　李興祖

掃盡浮雲月始明，璧完還復重連城。君心自有傳燈在，百丈秋潭徹底清。

---

① 《課慎堂詩集》，卷之五《耕露草》，六頁。

② 《課慎堂詩集》，卷之五《耕露草》，八頁。

③ 《課慎堂詩集》，卷之五《耕露草》，八頁。

五公先生病後以詩見示，次韵[1]

清　李興祖

管寧十載留東海，一榻磨穿爲避名。年近八旬神愈王，還將經業授門生。

壽五公先生[2]

清　李興祖

霞滿山城月滿梁，此中有客茹元霜。閑觀劍氣騰牛斗，静理琴聲度鳳皇。河注詞源開九曲，花傳筆彩著三長。孤懷更在層霄上，海屋雲房是舊鄉。

哭五公先生[3]

清　李興祖

其　一

曾記紅紗識馬初，開忱不惜檢藏書。德標星岳瞻高朗，筆簇雲霞任卷舒。豈料春風時雨地，竟成揮泪斷腸廬。當年藻鑒

---

① 《課慎堂詩集》，卷之五《耕露草》，十三頁。

② 《課慎堂詩集》，卷之五《耕露草》，十三頁。

③ 《課慎堂詩集》，卷之六《釣月草》，一頁。

今猶在，回首松楸慟素車。

其　二

尚憶清宵指顧頻，緒言微論見精神。素風一代尊名宿，青史千年著隱淪。文獻無徵悲季世，蒸嘗有嗣繼前人。夢中仿佛親容止，醒後翻疑訃未真。

代挽五公先生①

清　李興祖

其　一

舊日行吟地，今成宿草叢。事隨流水去，迹逐曉雲空。黎閣餘殘月，芸窗只緒風。少微光不見，孤冢暮烟蒙。

其　二

品爲文章重，名因道德高。交情逾孔李，詞藻過劉曹。逸韵山陽笛，孤懷澤畔騷。郎峰烟樹冷，不禁首重搔。

其　三

山頹水壞愴懷頻，誰繼儀型啓後人。幾度問奇情盡吐，十年同榻誼偏真。賞心孰醉花前酒，歸興嘗思秋後蒓。薤露欲歌增涕泗，凄凄墓草已成茵。

---

① 《課慎堂詩集》，卷之六《釣月草》，三頁。

其　四

千秋名義雖長在，斯世斯人孰與居。行路共嗟三尺土，講堂却掩五車書。

其　五

新阡片石生秋蘚，古樹寒鴉號夜風。北里南鄰諸弟子，同聲共涕吊王公。

元廟步王五公先生韵①

清　閻中寬

古刹依村立，登臨欲暮天。林鴉歸日下，砌草變寒前。雲護千年樹，風吹萬户烟。忘機須出世，何怪有臞仙。

冬夜次五公先生韵②

清　閻中寬

門外風何急，垂簾且共吟。浮名同絮梗，道誼重蘭金。茗瀑翻寒馥，詩城抵抗音。檐前霜月滿，留照百年心。

---

① ［清］閻中寬：《芸暉堂詩集》，卷三，一頁，康熙五十八年（1719）刻本。

② 《芸暉堂詩集》，卷三，一頁。

五公先生以家君紀略見遺，并録寄近作及仁公詩，且以投局勵學相勉，賦此謝之[①]

清　閻中寬

兀坐秋齋檢墨兵，琳琅寄到夜光明。愧無千斛堪求傳，幸藉三長爲寫生。奇句每從方外得，高才偏向老來横。悔予半世成虚度，敢尚悠悠付一枰。

同人夜集和五公先生韵[②]

清　閻中寬

素心同調正相當，白墮青蒭興自狂。鬚爲吟詩頻欲短，喙緣論古不妨長。眼前樂地藏書窟（五公題“書窟”二字于齋壁），身外浮名審雨堂。謔語雄譚過夜半，好收霜月伴羞囊。

吊五公先生[③]

清　閻中寬

寒更剪燭憶留君，礠礋流光生死分。斗牛寶華忽已没，琅嬛秘帙更誰聞。壚存西圃凝餘桂（先生題予園曰“西圃東山”），墨

---

① 《芸暉堂詩集》，卷四，六頁。

② 《芸暉堂詩集》，卷四，十三頁。

③ 《芸暉堂詩集》，卷四，十六頁。

滿東軒冷舊芸。歸去北山開岫幌，雙峰千載自清芬。

秋雨後偶集小園，讀五公先生壁詩，感憶，即步原韵①

清　閻中寬

漫向烟霞問子皮，鶡冠栖隱此相宜。每逢高士尊頻倒，爲賞名花座屢移。

夜雨浮筠添翠籜，夕陽寒蛔噪高枝。藤床猶設南窗下，空見龍標壁上詩。（先生詩有“藤床恰好暑窗移”之句）

和自題《此書》②

民國　景梅九

老去英雄恨有餘，驚看胡馬遍方輿。天崩地坼成何世？國破家亡剩《此書》。有客閉門修霸略，無人仗劍誓戎車（因先生《此書》後，尚有憤語數則，意謂我不能爲，後世子孫必有能爲者，子孫不能爲，他人亦必有能爲者，其希望甚切）。腥風掃淨山河定，始信先生計不疏！

---

① 《芸暉堂詩集》，卷四，十七頁。

② 山西省地方志辦公室編：《山西民初散記·罪案》，第359頁，山西人民出版社，2014年。

寄王五公（殘句）①

清　張老園

非是十年甘落魄，閉門或不負先生。

① ［清］李塨：《恕谷後集》，卷二，三頁，畿輔叢書，定州王氏謙德堂校刊本。

後　記

我們整理獻縣歷代詩歌緣起于《獻縣古迹詩存》一書。2010年夏天，當時我已搜集整理有關河間獻王劉德的古代詩歌有三百多首，最後選取五十一首編入該書。在此基礎上我又擴展開來，凡是與獻縣歷史、人物、事件、名勝古迹有關的詩歌都予以輯録。對我們整理獻縣歷代詩集影響最大的是孫建先生等人編著的《滄州歷代詩鈔》，這套書的出版使我們深受震動。經過朱惠民先生的引薦，我們和孫建、馬合意聯繫上了。通過跟這兩位先生的溝通，我明確了搜集整理典籍不能只依賴網絡的搜索引擎，還要學習古人下笨功夫，下定“坐十年冷板凳”的決心，因此，就有了之後的到各大圖書館抄録複製古籍之舉。

首先，《歷代獻縣詩鈔》這套叢書的資料來源主要有四個途徑，一是網上搜集電子書，像紀坤《花王閣剩稿》、紀鉅維《泊居剩稿》和《泊居剩稿續編》、紀昀《紀文達公遺集》、王餘佑《五公山人集》等，還有與獻縣名人有關的詩人作品集，再有獻縣人在外任職的存于方志中的詩詞作品等。這方面的工作，我、張紀岩、杜書恒、武樹慧做得比較多。二是民間搜羅。一些歷史上特別是近現代的地方文人的作品集多遺存于民間，像張紀岩搜集來的李爲章《瀛南迂叟詩集》、李秀民《花月樓吟草》，朱惠民先生提供的道光本《紀文達公遺集》和《秋吟百首》，孔令忠提供的孔祥勳《業芬詩鈔》，牛樹森提供的李蔭清《津門詩鈔》，劉峰基提供劉氏家族僅存的詩文真迹。還有幸存于譜牒中的獻縣人的詩詞作品。三是朋友相助，像滄州孫建先生慨然拿出自己的藏品《花王閣剩稿遺稿用韵合編》和《紅椒園試帖》，鄉賢楊廷智先生從北大複印出《衡門叟詩集》，張京華教授提供了在遼寧圖書館複製來的王餘佑的《甲申詩集》《甲申二集》《甲申三集》。任丘馬合意先生提供了《隨園詩草》人大藏本的相關内容。四是到各大圖書館去複製和抄録，這是工作量最大的一項，我們從清華大學圖書館複製了戈革的《半甲園叢稿》《史情室文帚》，在天津圖書館複製了《三客亭詩草》《三客亭試帖詩》《三客亭詩餘》《三客亭律賦》《雪廬詩草》《退思閣詩集》《農游雜咏》《鳳儒詩草》等。在社科院抄録了戈湞的《追逋集》，在國家圖書館善本部抄録了《清芬叢鈔》中全部詩詞作品，還有《吟秋詩稿》《劍花龕詩影》《許山集》《承平雜咏》《君子存真譜》等。這方面劉青松、張紀岩、吕永森、杜書恒、曹書通和我做得較多。

第二，録入與標點。這方面吕永森、曹書通、彭芳娜做的工作較多。具體到每本書的録入和標點人員如下：

［明］紀坤《花王閣剩稿》（于萬復録）

［明］高夢箕《許山集》《承平雜咏》（于萬復録）

［清］王餘佑《五公山人集》（張紀岩録）

［清］王餘佑《甲申詩集》《甲申二集》《甲申三集》（于萬

復、吕永森録）

［清］戈濤《戈濤詩集》（劉青松録）

［清］戈湞《追逋集》（劉青松録）

［清］紀昀《紀文達公遺集》（彭芳娜録）

［清］紀樹甾《吟秋詩稿》（吕永森録）

［清］紀煐述《三客亭詩草》《三客亭試帖詩》《三客亭詩餘》（曹書通、彭芳娜、武樹慧録）

［清］崔士元《鷗影詩録》（于萬復録）

［清］崔士元《雪廬詩草》（吕永森録）

［清］崔士元、紀堪琴《花王閣剩稿遺稿用韵合編》（吕永森録）

［清］陳祺齡《劍花龕詩影》（吕永森録）

［清］劉廷楠《景廉堂偶一草拾遺》（于萬復録）

［清］劉書年《滌濫軒詞殘稿》（于萬復録）

［清］劉書年《山外山房詩集》（杜書恒録）

［清］劉書年《秋吟百首》（張紀岩録）

［清］劉肇均《櫻寧齋詩草》（吕永森録）

［清］劉肇域《綉佛齋詩文集》（吕永森録）

［清］劉修鑒《蔭餘齋詩草》（張紀岩、曹書通録）

［清］劉修鏐《識耕堂詩草》（曹書通録）

［清］王韵婉《相春廬稿》（曹書通録）

《獻陵劉氏懿行録》（曹書通録）

［清］劉肇培等《吉光片羽録》（曹書通録）

［清］劉文嘉《古遺詩鈔》（吕永森録）

［清］劉清漳《衡門叟詩集》（武樹慧録）

［清］史光簡《紅椒園試帖》（張紀岩録）

［清］史汝箴《退思閣詩集》（張紀岩録）

［近代］史樹瑛《農游雜咏》（張紀岩録）

［近代］史樹璋《鳳儒詩草》（張紀岩録）

［清］李爲章《瀛南迂叟詩集》（曹書通、武樹慧、彭芳娜録）

［近代］李秀民《花月樓吟草》（武樹慧録）

［近代］戈革《半甲園叢稿》《史情室文帚》（武樹慧録）

［近代］李濬之《君子存真譜》（于萬復録）

［近代］孔祥勳《業芬詩鈔》（津門卷）（于萬復録）

［近代］李蔭清《津門詩鈔》（于萬復録）

第三，校勘。首先要有一個統一的標準。當然是不保留異體字，那麼，如何確定那個繁體字的正字呢？對于這樣一個大工程，一次次推倒重來，那浪費時間和感情是非常恐怖的。本次我們使用的是河北大學教授主持制定的標準。爲此我們購買了四本王寧主編的《通用規範漢字字典》，依照這個標準，整齊劃一，大家也用不着爲着哪個字是正字而犯争競了。二是在選好底本的同時，儘量找全各個時期年代的有代表性的版本，并吸收最新的學術成果，以期取得最佳的校勘效果，做出目前最佳的詩集版本。像杜書恒老師爲校勘劉書年的詩集，收集了《黔南叢書》中劉書年的《劉貴陽遺稿》本，張之洞編選的《思舊集》中的《山外山房詩録》，朱惠民先生的《秋吟百首》，崔士元的《雪廬詩草》中相關的記述等。校勘完畢，他還完成了專著《劉書年年譜長編初稿》，他的校勘成果《點校本〈黔南叢書〉之〈黔行日記〉校讀記》刊登在《東亞文獻研究》上。劉青松所作的《戈濤詩集》部分屬于輯佚性質。歷史上，戈濤有

《坳堂詩集》十卷抄本，還在戈濤的朋友圈流傳過，戈氏家族有《坳堂詩草》抄本，可是“文革”時被抄走，至今下落不明。劉青松老師在輯佚的基礎上，盡量多地找到參校的版本，只要有點兒綫索，他就打好行裝奔赴各大圖書館或收藏者家中，他先後參閱了七十一種書才最終完成《戈濤詩集》的校勘工作。三是發揮集體的優勢，在本册編者三校之後，還要經過一人對照底本的審閲，一人參照三校樣本的審閲，通過層層把關，從不同的視角把句讀、異體字、遺漏和手誤等方面的問題一一解决，保證本册詩集的校勘質量。

還有，現在每人所分管的詩集幾經變動，已不是當初自己所録的詩稿，有幾部詩集因超出叢書所規定的年限而未選入，所收集縣域外詩人寫獻縣、寫獻縣人的作品未選入叢書，雖然之前的録入、校對等方面大家都做了很多工作，對于部分詩集或詩作不再選入，或者大家所主編詩集的變動，大家聽到後都一致接受，没有任何怨言，這也是我要表示感謝的。這就是團隊精神——犧牲個人利益、精誠合作的具體體現！

感謝河北大學國學傳承與發展協同創新中心主任劉金柱先生，在河北大學與獻縣簽署戰略合作協議的背景下，他與校方和地方政府的多次協調和積極努力，在河北大學和獻縣都成立了河北大學獻縣文化研究院。作爲戰略合作的重要成果之一，河北大學國學傳承與發展協同創新中心提供了出版經費，使《歷代獻縣詩鈔》這項籌備多年的項目真正付諸實施并順利付梓。漢河間獻王搜集整理典籍的事業在當代盛世重現并發揚光大，功莫大焉，善莫大焉！

二零一七年三月一日